NF文庫
ノンフィクション

新装版
英雄なき島
私が体験した地獄の戦場 硫黄島戦の真実

久山 忍

潮書房光人新社

本書は太平洋戦争最大の激戦となった「硫黄島の戦い」に従軍した海軍士官の証言です。同島の戦いは、地下道が張り巡らされた陣地で抵抗を続け、米軍の戦死傷者数が日本軍を上回った唯一の戦いでした。しかし飲料水や食料の不足ならびに過酷な陣地構築が守備兵たちを極限状態に追いやっており、その中で米軍の上陸を迎えることになりました。また戦闘における戦場の実情と、味方同士の確執などが赤裸々に綴られています。

はじめに

硫黄島戦で生き残った日本兵は約千人であった。

大曲覚氏《おおまがりさとる》（元海軍中尉）はそのうちの一人である。そして、硫黄島戦を総論的に語れる最後の体験者である。

大曲氏は名利を求めない人である。戦場体験を伝えることだけを自分の義務とされてきた。話してほしいといわれれば講演し、体験記を求められれば寄稿した。常に無償であった。

硫黄島関連の出版物をだす時に大曲氏を頼りとした者も数えきれない。小説家、歴史研究者、ドキュメンタリー番組の担当者などの取材にたいし、そのつど体験したすべてを話してきた。むろん無報酬である。交通費も受け取らなかった。

しかし、できあがった本や番組を見ると、証言の一部だけが抜きだされ、本当に伝えたいことが抜けていた。大曲氏はこの失望のくりかえしに耐え、それでも語ることをやめなかった。

二年前（二〇〇六年）、私はひょんなことから大曲氏の手記を読んだ。十ページ足らずのものであったが、内容は圧倒的であった。

私はじかに話を聞きたいと思い、ずうずうしくもご自宅に電話をしたところ、私の無礼を許されただけでなく、お会いする機会までいただいた。

某日、都内でお会いした同氏は、八十の半ばをすぎていたにもかかわらず、心身ともに壮年期のように若々しかった。そして、「今伝わっている硫黄島戦は虚構です。本当の戦場はあんなものじゃない」と私に語ってくれた。

私は硫黄島で戦争があったことを、映画を見て初めて知ったほどの無知であった。しかし無知であればこそ、大曲氏の硫黄島がそのまま頭に入り、ずっしりと根をはってゆるぎないものとなった。

我々は、戦争体験者と直接話ができる最後の世代である。私は天啓のようなものを感じ、「大曲氏の声をまるまる後世に残したい」と思った。

しかし一人ではとうていできないことである。私は助けを求め、十年来の友人である中村智雄氏（出版社勤務）に協力してもらうことにした。そして「中村が取材し、録音したものを私が体験記としてまとめたい」と大曲氏にお話ししたところ、快諾をいただき、我々の作業が始まった。

以後、取材回数は十回を超え、録音は二十時間に及んだ。私は筆が遅く、かたちになるまで一年以上かかった。

私は録音を聞きながら文章を起こしている時、自分の主観や推測を入れた。しかし、大曲氏は自分の過去に冷徹な姿勢を崩さず、「これは、私は言っていない」と容赦なく赤線を引かれた。

私は、一行一行を指で追いながら、「これまでにこれほどの校正を受けたことがない」と感動した。

立体物を見る時、一つの方向から見ても全体像はわからない。これまでの硫黄島戦は一面だけを見て物語がつくられてきた。そして硫黄島は米国だけでなく、日本においても善戦の地として聖地化され、その評価を崩すことはタブー（たとえば栗林忠道中将に対する批判的な評価など）となった。

大曲氏の証言はこういった現状を矯正し、我々に視点を変えるきっかけを与えてくれる。今回、大曲証言が世にでることによって初めて、硫黄島戦の検証がスタートすることになるだろう。

この本の力によって、歴史の一隅に正しい光があたることを期待している。

本書は大曲氏の証言をそのまま書き起こした。戦場体験者が語った「歴史の供述調書」というべきものである。

私が書いたものではあるが、私の力だけではなしえないものができたと感じている。すべては大曲氏のおかげである。御礼の言葉も思い浮かばない。ただひたすら感謝するのみである。

また、本書発行にあたり、大曲氏の手記を見せていただいた元海軍中尉のA氏（二〇〇八年に物故されました）、中村智雄氏、産経新聞出版の山本泰夫氏、その他、関係各位にたいしても、この場をかりて深く感謝を申し上げる。

なお、文中の表現はすべて私個人の責任に帰するものであり、大曲氏にはその責がないことを申し添える。

二〇〇八年六月

久山　忍

英雄なき島——目次

昭和20年２月19日、米軍は硫黄島に上陸を開始した。写真は、その１時間後の様子で日本軍に破壊された水陸両用戦車や上陸用舟艇などの残骸が見える。日本軍守備隊の抵抗は激烈を極め、米軍は占領までに１ヵ月を要した。米軍死傷者は約２万8000名、日本軍死傷者の約２万1000名を上回った。

第109師団司令部首脳と師団長の栗林忠道中将(左より2人目)。陸海軍合わせ、2万1200名余の日本軍守備隊を指揮した。

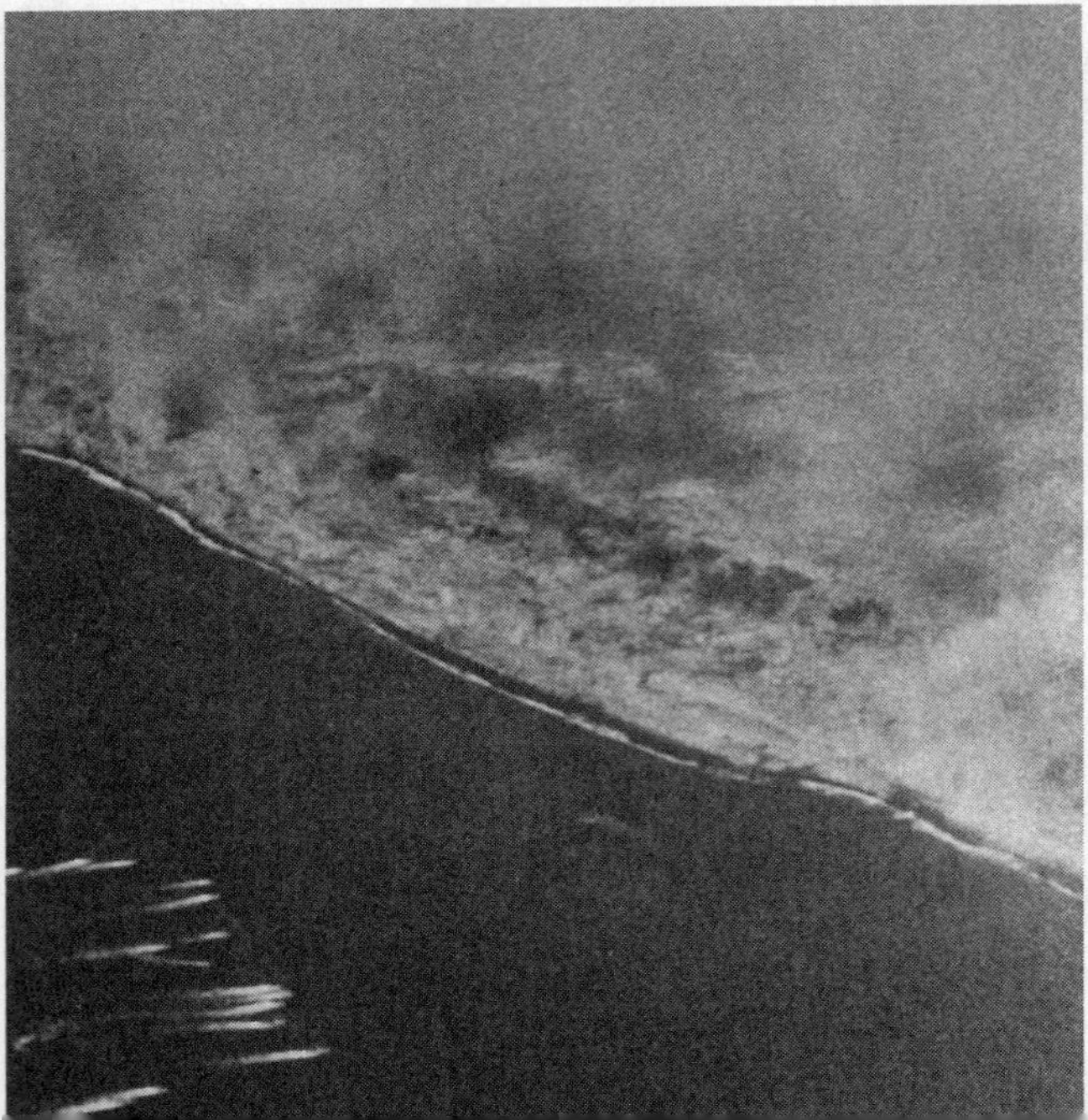

2月19日、硫黄島東海岸に到達する米上陸部隊の舟艇群。上陸には第3、第4、第5の3個海兵師団、約7万名の兵力が投入された。

硫黄島の体験について熱く語る大曲覚氏。大正11年6月、福島県に生まれる。昭和18年9月に第13期飛行科予備学生として土浦海軍航空隊、同年10月、第7期整備予備学生に採用、追浜海軍航空隊に入隊。19年8月、南方諸島海軍航空隊に配属され、硫黄島に赴任する。終戦後、収容所生活をへて21年1月、復員。

▷海軍部隊の指揮官だった市丸利之助少将。◁戦車第26連隊長西竹一中佐。写真は馬術競技に参加したベルリン五輪時のもの。

日本軍の攻撃をうけ、斜面に釘付けとなる米上陸部隊。予想以上の日本守備隊の猛攻は、米軍兵士たちを悩ませた。

硫黄島の海岸に上陸、前進する米海兵隊員。米地上兵力は、H・M・スミス海兵中将に指揮された。

硫黄島の橋頭堡を固める米海兵隊員。後方に見える装軌車両は、LVT-Aと呼ばれる水陸両用戦車。

昭和20年2月23日、摺鉢山の頂上に掲げられる星条旗。この後も、日米の激しい戦闘は続けられた。

日本軍が築いたトーチカ。米軍を上陸させてから一斉射撃を行ない、後に防空壕に拠ってゲリラ戦を展開するのが日本軍の戦法だった。

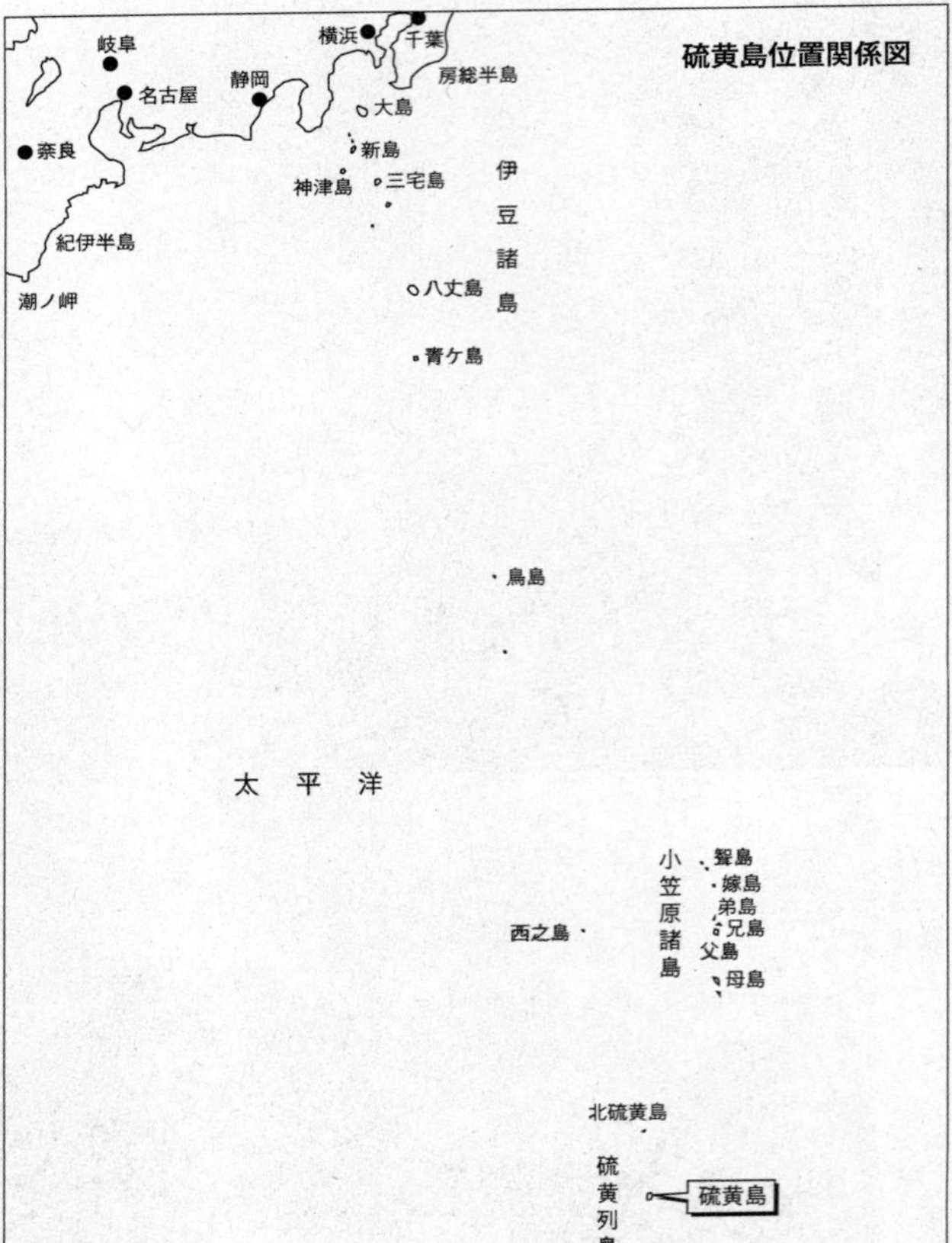
硫黄島位置関係図
岐阜
横浜
千葉
房総半島
静岡
名古屋
奈良
大島
新島
神津島
三宅島
伊豆諸島
紀伊半島
潮ノ岬
八丈島
青ケ島
鳥島
太平洋
聟島
嫁島
弟島
兄島
父島
母島
小笠原諸島
西之島
北硫黄島
硫黄列島
硫黄島
南硫黄島

硫黄島戦参考図

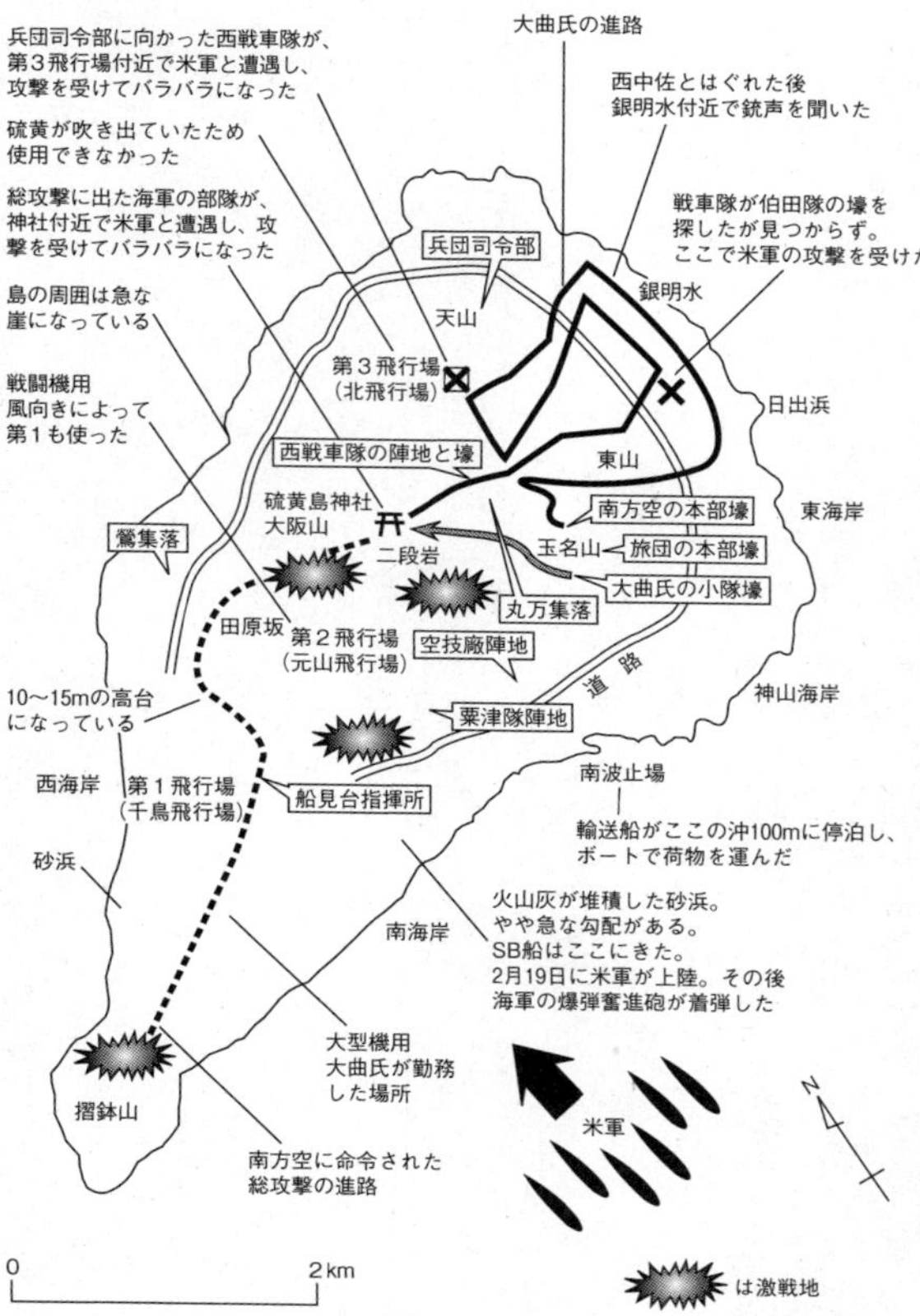

兵団司令部に向かった西戦車隊が、第３飛行場付近で米軍と遭遇し、攻撃を受けてバラバラになった
硫黄が吹き出ていたため使用できなかった
総攻撃に出た海軍の部隊が、神社付近で米軍と遭遇し、攻撃を受けてバラバラになった
島の周囲は急な崖になっている
戦闘機用
風向きによって第１も使った
大曲氏の進路
西中佐とはぐれた後銀明水付近で銃声を聞いた
戦車隊が伯田隊の壕を探したが見つからず。ここで米軍の攻撃を受けた
兵団司令部
天山
銀明水
第３飛行場
（北飛行場）
日出浜
西戦車隊の陣地と壕
東山
東海岸
硫黄島神社
大阪山
南方空の本部壕
玉名山
旅団の本部壕
二段岩
大曲氏の小隊壕
鶯集落
丸万集落
田原坂
第２飛行場
（元山飛行場）
空技廠陣地
道路
神山海岸
10〜15mの高台になっている
粟津隊陣地
南波止場
西海岸
第１飛行場
（千鳥飛行場）
船見台指揮所
輸送船がここの沖100mに停泊し、ボートで荷物を運んだ
砂浜
火山灰が堆積した砂浜。
やや急な勾配がある。
SB船はここにきた。
2月19日に米軍が上陸。その後海軍の爆弾奮進砲が着弾した
南海岸
大型機用
大曲氏が勤務した場所
米軍
N
摺鉢山
南方空に命令された総攻撃の進路
0
2km
は激戦地

英雄なき島

私が体験した地獄の戦場　硫黄島戦の真実

プロローグ

硫黄島という小さな島がある。

私たちは「いおうとう」といっていた。今は「いおうじま」という場合が多いのだろうか。

昭和二十年二月。この島をとりあって日本とアメリカが戦争をした。その戦いで約二万人の日本兵が死んだ。

生き残って捕虜になった者は約千人いた。私はその一人である。

昭和十八年。私は学校を卒業し、海軍に入隊した。その時は、まさかあれほどの異常な戦場が待ち受けているとは夢想だにしなかった。

軍隊生活を通じ、忠実な軍人であったとはいえない私が体験したものは、酸鼻《さんび》をきわめた戦場であった。そして、戦争によって生きるか死ぬかの極限状態になると、人間はかくも浅ましい動物になりさがるということを体験した。

国家は、求めようとしても求めることのできない人生経験を私に与えてくれた。私が体験した戦場がどんなものであったか。

今、振り返ってみようと思う。

第一章　硫黄島赴任

出生

私は、大正十一年六月一日に福島県相馬郡小高町で生まれた。小高町は繁華街も工場もない。農家が並ぶ田舎町である。

父親が早く死んだため祖父が父親代わりとなった。祖父は小高町の町長をしていた。教育熱心な人であった。兄弟は七人で私は上から三番目である。上に兄貴が二人。下に弟一人と妹が三人いる。

一番上の兄は薬学の専門学校、二番目は早稲田大学にいった。私は、地元の県立中学校（今の高校にあたる）を卒業し、一年浪人した後、秋田大学の前身である秋田鉱山専門学校に入学した。

本来、専門学校は三年制であるが、私の一級上から半年早く卒業することになった。卒業が早められたのは戦地の兵隊不足を解消するためであった。すでに南方の戦線で敗戦の兆しが見え始めていた。戦況の悪化とともに兵士が不足した。

そこで、若い者を早く戦地に送るために卒業が早められたのである。私はちょうどその時期にあたり、昭和十八年十月に卒業することになった。

海軍予備学生

卒業の二ヵ月前に徴兵検査があった。

私は甲種で合格し、陸軍の入隊が決まっていた。しかし、陸軍に新兵で入ると年下の先輩兵の指導を受ける。その指導はすさまじい制裁をともなうと聞いていた。軍隊に入ってからの苦労を思うと気分は重かった。

ちょうどその時期、予備学生出身の海軍将校が学校にきて講演をした。「海軍にこないか」と学生を勧誘しにきたのである。

そしてその時に初めて「海軍予備学生」という制度があることを知った。

この制度は海軍が始めたもので（飛行科・昭和六年、整備・昭和十二年、一般陸戦・昭和十六年）、旧制の大学・高等学校・専門学校卒業生から志願により採用し、約一年の訓練期間を経て少尉に任官させる制度である。

その当時、陸軍と海軍は、兵隊の不足を補うために応召兵を盛んに集めていた。兵を補充するとそれをまとめる将校が必要になる。

海軍の場合、兵隊だけでなく将校も不足した。そこで、応召兵の上にくっつける飾りもののような将校をつくるために予備学生が採用されたのである。

予備学生で採用されると、海軍兵学校にいかなくても将校になれる。しかし出世には限界があり、少尉から始まってせいぜい大尉で終わる。中には少佐になる者がいたが、まれであった。

私が選べる道は二つしかない。陸軍に行くか、予備学生の試験を受けて海軍に行くか。私は講演を聴いて、海軍に決めた。理由は、「陸軍に行って一番下の二等兵でこき使われるよりも、将校待遇になれる海軍のほうがまだましだろう」という打算的なものであった。他の同級生も同じような理由で海軍予備学生の試験を受けた。

私が卒業した年、専門学校や大学から、約一万人が海軍に入った。

追浜海軍航空隊

昭和十八年九月十日。私は「海軍第十三期飛行科予備学生試験」を受けて合格し、土浦海軍航空隊に入った。

そして、希望するしないに関係なく、眼鏡をかけていない者は全員、パイロットの適性試験を受けさせられた。まず飛行機を操縦できる者を養成する。これが海軍の方針だったようだ。パイロット試験を受けた一万人のうち、適性があるとされたのは約五千人であった。

戦争で真っ先に死ぬのは飛行機乗りである。戦況の悪化にともないパイロットの数が減り、将校パイロットも不足した。この不足を補うために予備学生が大量に採用されたのである。

後に特攻隊が編成される。軍隊としては兵隊だけを敵の軍艦に突っ込ませるわけにはいかない。そこで特攻隊の隊長に予備学生出身者がなった。彼らは操縦技術が未熟のまま特攻隊の小隊長として死んでいった。

私にはパイロットの適性がなく、無事、不合格になった。

試験に落ちた五千人は千人単位で専門（整備、兵科など）に分かれた。私は学校が工科系であったので最初から飛行機の整備を希望した。

昭和十八年十月一日。私は希望どおり「第七期飛行機整備予備学生」に採用され、横須賀の追浜《おっぱま》海軍航空隊に入った。工科系専門学校の出身者はほとんど整備に入った。

一式陸攻

いよいよ私の軍隊生活が始まった。

入隊後、最初の三ヵ月間は基礎教育を受けた。基礎教育といっても歩兵操典に基いたもので、不動の姿勢や鉄砲の撃ち方などを練習する。中学や専門学校でやった軍事教練と同じようなことをまたやらされた。私はまたかとうんざりしたがやらざるを得ない。

本格的な整備訓練が始まったのは四ヵ月目からである。

我々は八個分隊に分けられ、分隊ごとに専門の機種を決められた。一個分隊は約百人。午前中はエンジンや機体の構造などを座学し、午後は飛行機を使って整備訓練をやった。

私は十七分隊に入った。担当は一式陸攻《いちしきりくこう》（一式陸上攻撃機）である。この飛行機は、その当時、日本最大級の大型機だった。七人乗りで、三千キロ以上飛び、二百五十キロ爆弾を四発積むことができた。

この時期、海軍は、一式陸攻を使ってサイパン、グアムにある米軍の基地を爆撃していた。

一式陸攻は、航続距離を延ばすために、翼に燃料タンクを搭載し、機体を軽くするために防弾設備がなかった。そのため弾が当たるとすぐに火を噴いた。米兵は一式陸攻に「一式ライター」というあだ名をつけていた。

ちなみに、昭和十八年四月十八日。山本五十六（連合艦隊司令長官）が戦地を視察するために飛行機でブーゲンビルに向かう途中、米軍の戦闘機に撃墜されて死んだ。その時乗っていた飛行機がこの一式陸攻である。

少尉任官

予備学生は准士官で採用され、その後、少尉に任官される。

昭和十九年五月三十日。

私は少尉になった。少尉の階級は会社でいえば係長にあたるだろう。これで私も将校の仲間入りをした。しかし、階級があがってうれしいという気持ちよりも、部下の命をあずかることになった、という責任の重さを強く感じた。

戦地にいけば将校として指揮をしなければならない。学生あがりの私にできるだろうか。たたきあげの下士官や兵隊が私に従ってくれるだろうか。

「いったいこれからどうなるのだろう」

いいようのない不安感が私の中で広がっていった。

戦地希望

昭和十九年七月十五日。

我々は、追浜海軍航空隊を卒業した。

卒業と同時に同期約千人の配属先が決まる。その時、教官から「どこにいきたいか」と希望を聞かれた。それにたいし、「はい、内地に残りたいです」といったら教官室に呼ばれてぶん殴られた。

私は鉱山専門学校を出たため、日米の国力の差を数字で知っていた。日本には石油がない。鉄鋼資源もない。労働力も限られている。それにくらべてアメリカは、戦争資源は無尽蔵にあり、人口も多く、国土もけたちがいに大きい。勝てるはずがない。そう思っていた。

これは私にかぎらない。その当時の学生たちはみんな、この戦争の結末が凄惨なものになると感じていた。問題は、その時に自分がどこにいるかであった。

誰もが、「戦場に行きたくない」「安全な内地にいたい」と思っていた。

しかし、絶対にそうは言えない時代だった。戦地に行くことよりも教官に殴られる

陸・海軍階級表

		陸軍	海軍
将校	将官	大将	大将
		中将	中将
		少将	少将
	佐官	大佐	大佐
		中佐	中佐
		少佐	少佐
	尉官	大尉	大尉
		中尉	中尉
		少尉	少尉
准士官		准尉	少尉候補生 予備学生 兵曹長
下士官		曹長	上等兵曹
		軍曹	一等兵曹
		伍長	二等兵曹
兵		兵長	兵長
		上等兵	上等兵
		一等兵	一等兵
		二等兵	二等兵

ことのほうが恐ろしかった。

しかたなく全員、「戦地希望です」といった。

すでに太平洋の制海権を米軍に奪われている。制海権を失うということは物資を船で運べないことを意味する。南方の島にいる兵たちは補給を断たれ、「戦うに武器なく、生きるに食なし」の状態になり、次々と全滅していた。

戦況は最悪の事態をむかえていた。行けば死ぬ。それがわかっていながら希望せざるをえない。希望先を「戦地です」と答えると、教官から、「戦地はどこだ」と聞かれる。そこで型どおりに、「南方を希望します」と言った。教官は、「本当だな」と聞く。

「はい、南方に行ってお国のために戦いたいです」

と声を張り上げて嘘をいう。

「よし」

教官は満足そうにうなずく。それでしまいである。

「殺されるのがわかっているのに誰がそんなところに行きたいか」

そう言いたい気持ちをこらえて黙る。

これは特攻隊も同じであった。「特攻志願は手を挙げろ」と言われて手を挙げなければぶん殴られた。だから全員がしかたなく手を挙げた。

誰だって特攻なんて行きたくなかった。爆弾を抱いて軍艦に突っ込みたいと思う者などいない。みんな、志願しなければならない状況に追い込まれたから手を挙げたのである。

それを今の映画や小説では自ら志願して特攻隊に行ったような話になっている。しかしそうではない。本当は、軍が無理矢理に行かせたのである。

私の仲間に「祖国防衛のために自らすすんで特攻を志願した」者はいないし、私も「米軍の本土上陸を遅らせるために燃えるような闘志をもって硫黄島の土を踏んだ」わけではなかった。

行かざるを得ない状況に追い込まれたから行ったのである。家族にあてた手紙などには、「お国のためによろこんで志願した」と書いたりするが、本音はいやいやであった。

このことを頭においたうえで戦記や小説を読んでほしい。

戦後につくられた美談を安易に信じてはならない。

南方諸島海軍航空隊

昭和十九年八月。

私は南方諸島海軍航空隊（以下「南方空《なんぽうくう》」）に入った。

部隊名が南方諸島であったことから、私は最初「フィリピンにでもいくのかな」と思っていた。

その後、いろいろな人から話を聞き、赴任先が硫黄島だということがわかった。当時の硫黄島の行政区画は「東京都京橋区」にあったが、私は硫黄島という島が日本にあることすら知らなかった。

私が南方空入隊の辞令をもらった時、二百から三百人の応召兵が追浜航空隊に集められていた。

南方空の将校になった私は、さっそく応召兵の指揮官を命ぜられた。「指揮官」といえば聞こえはいいが、ようは「世話係」である。私の仕事は応召兵の編成を手伝ったり、軍服などを配ったりすることだった。

南方空には十三人の同期が入った。

第十一分隊　山本利三

第十二分隊　阿部　勲／太田　護／多田興四郎

第十四分隊　菊田浩平

第十五分隊　後藤敬平

第十六分隊　兼古龍士／吉田健一

第十七分隊　岩崎政爾／大曲　覚／中村　穣／槙野　正

第十八分隊　青木照彦

この十三人は、九月に応召兵と一緒に硫黄島に行くことになっていた。ところが現地から、「少尉を早く赴任させろ」という催促があり、七人が先に行くことになった。私はその七人に入った。

この時期、硫黄島には大量の応召兵が送り込まれていたが、その兵を現場で指揮する下級将校がいなかった。

「兵隊だけが来ても困る。早く若い少尉を赴任させてくれ」

というのが催促の理由であった。

硫黄島には兵隊あがりの少尉が四、五人いた。その少尉たちは、少年兵に志願し、海軍に入隊後、二等兵から少しずつ階級があがった人たちである。少尉になるまでに二十四、五年かかるため、すでに四十歳を過ぎていた。

当時の四十代は今の五十代以上の年齢にあたる。中年を超えて初老に入る年であった。

行ってからわかったことだが、硫黄島では年配者は働けない。我々は、軍隊経験はないが若さはあった。現地では、現場で働ける若い指揮官をほしがっていた。

我々「若い少尉」は追い立てられるようにして戦地に向かった。

小さな島

昭和十九年八月十五日。

同期七人は、早朝、木更津の海軍航空隊に行き、一式陸攻に乗り込んだ。

機内の硬い椅子にすわりじっと出発を待つ。やがて動きだし、滑走路を離れた。私は若く、死にたいして鈍感でいられた。今、当時のことを思いだしても、感傷的になったという記憶がない。

飛行機の中はエンジン音がすごくて話などできない。みな、無言で窓の外を見ていた。

四時間ほどが経った。

「まもなく硫黄島上空」という偵察員の声が機内に流れた。

私は急いで窓から下を見た。しかし島を発見することができない。目をこらして見ると、ようやく、見えた。

——こんな小さな島に飛行場などあるのかな。

それが最初の感想だった。

飛行機の高度が下がると北硫黄島が見えた。次に中硫黄島が見え、旋回したところで南硫黄島が見えた。二番目に見えた中硫黄島が私たちが赴任する硫黄島である。平たい三角の小石を置いたような島であった。

島が小さいため滑走路がどこにあるのかもわからない。近づくと、島の表面は黄色く、緑は少なかった。滑走路が近づき、飛行機は無事に着陸した。タラップを降りると太陽が照りつけた。

着任後、すぐに部隊が決められた。私は整備の将校であるため、整備兵を指揮する。整備部隊は三分隊に分かれた。一分隊の人数は約二百人であった。私は第三分隊士になった。さっそく、その日から仕事が始まった。
あとの同期六人は一ヵ月遅れて応召兵と一緒に船で着任してきた。

高射砲

硫黄島の守備隊は陸軍と海軍で構成された。
陸軍の総数は約一万三千七百人。
海軍の総数は約七千五百人。
海軍は、第二十七航空戦隊
司令官　少将　市丸利之助
　第七五二航空隊　艦攻天山六機
　第二五二航空隊　戦闘機零戦十一機
　第一三一航空隊　夜間戦闘機月光二機
南方諸島海軍航空隊（約千八百人）
司令　大佐　井上左馬二
硫黄島警備隊（約五千人）
司令　中佐　和智恒蔵

第二〇四設営隊等

となっていた。

海軍のトップは市丸少将であった。次に南方空の井上大佐がいて、その下に警備隊の和智中佐がいた。

この南方空と警備隊は、同じ海軍でありながら仲が悪かった。両者の関係が険悪になったのは、意地の張り合いみたいなことが原因であった。硫黄島には警備隊が先に着任し、その後に航空隊が来た。そのため警備隊は、「先に来ていたのは警備隊である」という先任意識を持っていた。そしてことあるごとに、「硫黄島のことは警備隊にまかせていただきたい」といって南方空と対立した。

特に、和智中佐の鼻息が荒く、「階級は井上大佐よりも下であるが、先任は自分であるから、自分が指揮をとるべきである」と言っていた。当然、部隊の序列も、「警備隊のほうが航空隊よりも上位となるべきだ」とことあるごとに主張していた。

それにたいして南方空は、「それはおかしい。階級は和智中佐よりも井上大佐の方が上である」と言い、「警備隊は南方空の指揮下に入るべきだ」と反発した。

警備隊は、陸上戦闘部隊、機銃陣地、高角砲、要塞砲に分かれ、それらをまとめて警備隊と呼んでいた。警備隊の任務は飛行場を守ることである。

そしてある時こんなことがあった。

米軍は、硫黄島の滑走路を破壊するために頻繁に空襲にきた。米軍の爆撃機はＢ29であった。Ｂ29は七千メートルから八千メートル上空を飛び、その高さから爆弾を落とす。

そのＢ29に向けて警備隊が高角砲を撃った。しかし、当時の高角砲は五千か六千メートルまでしか飛ばない。そのため、みんな途中の上空で爆発してしまう。それは下から見ていてもわかった。

弾が届かない以上、絶対に当たらない。敵もそれを知っている。威嚇にもならない。

「撃つだけ無駄だ」誰もがそう思った。しかし警備隊は空襲があるたびに高角砲で撃った。ついに兵団の会議でこのことが問題になり、ある将校から、

「弾がもったいないから撃つべきではない。いずれ米軍が上陸してくる。その時に、高角砲を水平にして撃ったほうが効果がある」

という意見が出され、そうすることで決まった。

私はこのことを会議に出席した上官から聞いた。もっともな意見である。そして、兵団会議でそう決まった以上、警備隊も従うのだろうと思っていた。

ところが和智中佐は、「自分は警備隊の司令である。撃つか撃たないかを決める権限は私にある」と言い、「米軍の飛行機が来ているのに何もしないのは仕事の怠慢である。仕事をさぼることは軍規に違反するし、私の信条にも反する」と反駁し、その後も無駄撃ちをやめなかった。

市丸少将や井上大佐も説得したが、和智中佐は聞く耳をもたない。兵団本部もやめるように何度も指示したが、警備隊はB29がくると上空に高角砲の弾を撃ち上げた。

これに陸軍の栗林中将が怒った。そして海軍の「軍令部」に直接交渉し、十二月初めに和智中佐を内地（日本本土）に転勤させた。

その後、和智中佐の後任がこなかったため、南方空の井上大佐が警備隊長を兼任した。

これはきわめてめずらしいことであった。

他人の意見を聞き入れなかった和智中佐も頑固だったが、問題が解決しないとみるや、「和智中佐は兵団の命令を聞かないから内地に転勤させてくれ」と海軍に人事異動を要求する栗林中将もまた激しい性格をしていた。

硫黄島の価値

私は初め、こんな小さな島を守ることにどんな意味があるのかわからなかった。しかしその後、整備将校として仕事を始めてからこの島の価値が理解できた。

私が硫黄島に行った時には、すでに、サイパン、テニヤン、グアム（マリアナ諸島）は米軍の基地になっていた。日米戦は最終段階に入っていた。

この時期のアメリカの目標は日本本土である。マリアナ諸島を出発したB29が日本を攻撃する。その中間に硫黄島があった。東京から硫黄島まで約千二百キロ、硫黄島からマリアナ諸島まで約千二百キロである。

硫黄島の面積は二十二平方キロメートル。八丈島の三分の一である。島には起伏が少なく、ちょっとした高台に立つと全島を見渡すことができた。島が平たいために簡単に滑走路をつくることができる。

この島には、大型機用の第一飛行場（千鳥飛行場）と小型機用の第二飛行場（元山飛行場）があった。全長八キロしかない島に、合計すると四キロ以上の滑走路をつくっていた。

その他、使用されていなかったが北飛行場（第三飛行場）もあった。

まさに白波をたてて海に浮かぶ、不沈空母である。

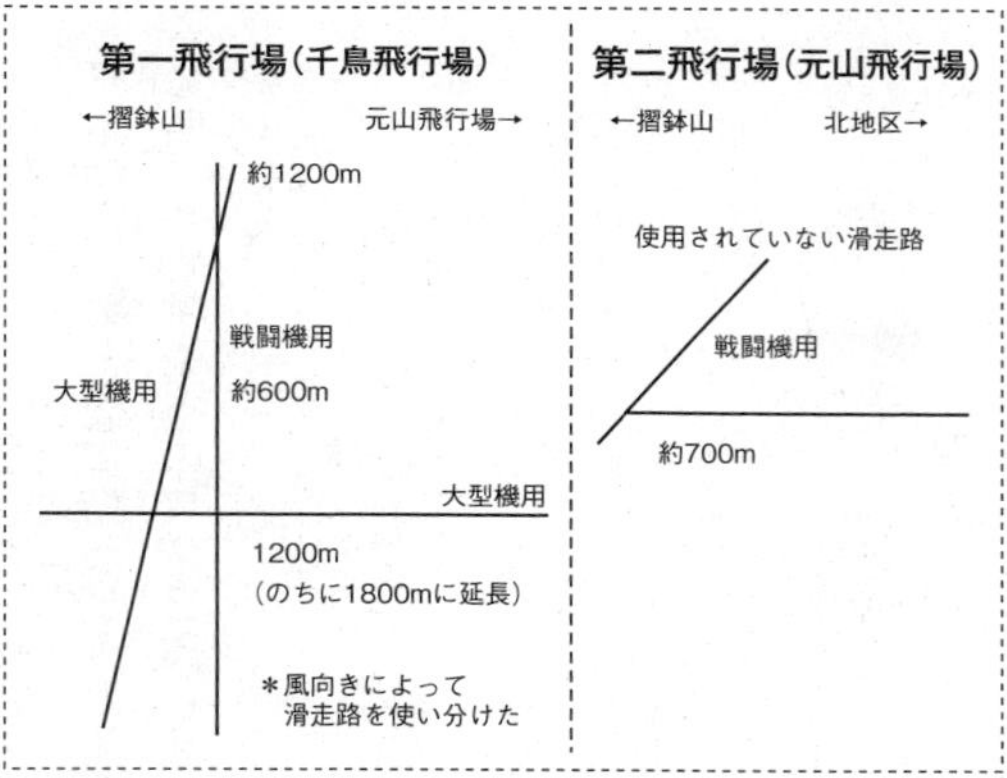

日本本土の攻撃につかわれるＢ29は新型機のため故障が多かった。

硫黄島を米軍の飛行場にすれば、日本を爆撃したＢ29が千二百キロ地点で整備点検を受けることができ、そうすればマリアナ諸島までの千二百キロを安全にかえることができる。また、マリアナ諸島から日本に向かうＢ29を、硫黄島から飛び立った戦闘機で護衛することもできる。

硫黄島は、アメリカにとって、損害を最小限度にするために必要な島であった。

その後の米軍資料によると、硫黄島が米軍の基地となった以後、被弾による損傷などで硫黄島に緊急着陸（不時着）したＢ29は二千機以上に達したという。Ｂ29にはパイロットを含め十人以上の兵が乗る。その資料の数字が正しいとすると、もし硫黄島の基地がなかったら二万人以上の米兵が太平洋に投げだされたことになる。

日本にとっても硫黄島が米軍の基地になれば、それだけ内地への攻撃が早く、しかも激しくなる。米軍の攻撃を遅らせるために日本は約二万人の兵をこの島に送り込んだのである。

第二章　陣地構築

会議

昭和十九年十月初め。

参謀クラス（佐官以上）が集まって会議を開いた。

この会議には井上大佐も出席した。通常、司令には主計科総務係の少尉がついていくが、その日はどうしたわけか、「大曲少尉が行け」と命令された。こんな会議に参加するのは初めてである。私はわけもわからず井上大佐のかばん持ちでついていった。

北地区に兵団用の建物があり、その一室が会議室になっていた。私は会議室に入り、壁に張り付いて立った。この時、初めて栗林中将を見た。

大本営から参謀が数名来島し、陸軍からは栗林兵団長以下の幕僚、海軍からは市丸司令官、南方諸島海軍航空隊司令兼警備隊司令、井上大佐以下幕僚四名が集まった。

議題は、どんな作戦で米軍と戦うか、であった。

会議は最初から紛糾した。海軍の浦部参謀（中佐）が、「海軍中央部の意向である」と前置きし、

「海軍で兵器や資材を輸送する。陸軍は兵を出し、第一飛行場の周囲にトーチカ陣地を約三百個、何重にもつくっていただきたい」

とのべた。

トーチカとは、コンクリートでつくった半地下式の機銃陣地である。硫黄島にある海軍の飛行場を守るためには、海岸から飛行場までの間に、たくさんのトーチカが必要だという。そして、

「敵は南海岸に上陸してくる。そこにトーチカを何重にも配備して敵の上陸を阻止すれば、硫黄島を守ることができる」

と海軍の作戦案を説明した。

これを「水際撃滅作戦」という。すべての兵力を海岸に集め、敵が上陸する前に勝負を決するという戦法である。海軍が地上戦を行なう場合には必ずこの方法で戦った。

陸軍はちがった。

　この時期、陸軍では、ペリリュー島の戦訓を硫黄島に生かすべきだという意見が常識となっていた。パラオ諸島の一つであるペリリュー島は、総面積が一三平方キロしかない。硫黄島の約半分の大きさである。この島にはフィリピン防衛の拠点として日本の飛行場があった。

　昭和十九年九月。これを奪うために米軍が攻撃を開始した。米軍の上陸部隊は約二万八千人。対する日本の守備兵力は約一万だった。

　陸軍は、これまで水際で戦って全滅をくりかえしたことを反省し、島の地形を利用して持久戦を行なうことにした。

　ペリリュー島には無数の自然洞窟がある。これを利用して島のあちこちに防空壕をつくった。そして、米軍が上陸した時に一斉攻撃し、あとは島の奥に引っ込んでゲリラ戦を展開した。

　それが思ったよりもうまくいった。

　最終的に日本軍は全滅したが、これまでよりも長くもった。ペリリュー島戦は成功例となり、戦術の新しい「型」となった。その「型」を陸軍のN参謀が会議で提案した。

「硫黄島とペリリュー島は同じ条件である。だから同じ作戦でやるべきだ」

これが陸軍の意見であった。そしてN参謀は、

「サイパン、グアム島で海岸砲が何分間もったか。マキン、タラワ島の海岸トーチカがどれだけ効果があったか教えてほしい。ペリリュー島が持久戦に耐えた戦訓をご存じでしょう。何千機という飛行機の爆撃、何百門という艦船からの攻撃に、正面きって応戦しようなんて話にならない。今までの戦訓がそれを教えているではないですか」

とのべ、浦部参謀の意見にまっこうから反対した。さらに、

「二十五ミリ機銃をトーチカに入れて、敵艦船に対抗するなど論外です。米軍の四十センチ主砲でトーチカなど吹っ飛んでしまう。海軍側がそれだけの輸送力と資材を投入可能であるなら、摺鉢山、第二飛行場元山地区、それと大阪山地区に陣地構築をしてほしい」

と海軍側に提案した。

陸軍では飛行場などとられてもかまわないというあたまがあった。それより、防空壕の中に潜んで持久戦を行なうことにより、本土攻撃を遅らせることに戦いの目標を置いていた。しかし海軍は自説を曲げない。飛行場を守ることに固執し、従来の戦法にこだわった。

議論は白熱した。浦部参謀は、「中央部の意見としては、あくまでも水際において戦うことを望み、そのためには……」と主張し、N参謀は、「波打ち際にトーチカをつくっても、艦砲射撃や空襲でやられてしまう。サイパン、テニヤンがそうだった。だから敵を全部上陸させ、上陸したところで一斉射撃をし、あとはゲリラ戦を展開する。ペリリュー島が長もちしたのは、穴に隠れて狙撃したからです。ペリリュー島と同じやりかた以外に手はない。今までの戦訓を参考にするべきだ」と力説した。

私にはどちらが正しいのかわからない。ただぼんやり聞いていた。

会議は続いた。海軍の浦部参謀は、「中央部の意見は……」という言い方をし、自分の意見としてのべない。

陸軍のN参謀はこれに腹をたて、

「中央部の意見は意見でわかる。中央部の意見ではなくあなた自身の作戦はどうなのか」

と問う。

それにたいして浦部参謀は、

「いや、私は中央部の意見を申し上げているのであって、あくまでも中央部としては……」

と同じことをくりかえす。

N参謀は業を煮やし、

「中央部、中央部というが、実際に戦争するのは我々ではないか。自分たちで考えた作戦で戦おうではないか」

と詰め寄った。

会議は長時間に及んだ。

最後に兵団長の意見が求められた。

栗林中将は、

「みなさんのご意見はよくわかりました。私はN参謀の意見に同意します」

と言った。しかし、浦部参謀がなおも食い下がったため、その日の会議は結論が出ないまま終わった。

栗林中将は、その後も海軍の「水際撃滅作戦」に反対したようだ。

しかし、ダイナマイト、セメント、機銃といった資材や武器を輸送するためには海軍の協力が必要である。会議の決裂は海軍と陸軍の分裂を意味する。結局、その後の会議において、輸送された資材の半分を海軍がトーチカに使用し、残りの半分を陸軍が陣地構築に使うことになった。

作戦は、ペリリュー島と同じ方法をとることに決まった。敵が上陸するかしないかの瀬戸際で攻撃をする「水際撃滅作戦」をやめ、敵をいったん上陸させてから一斉に攻撃する。後は防空壕に隠れてゲリラ戦を行ない、戦争を長引かせる。

作戦は各隊に伝達され、くりかえし指示されることによって徹底された。

水

昭和十九年十月初め。

陸海軍共同で防空壕と迎撃用のトーチカづくりが始まった。作業は急ピッチで行なわれた。これは内地から召集された兵たちにとって、死の作業ともいうべき過酷なものであった。

硫黄島の最大の問題点は水であった。この島には川も池もない。陸軍が鑿井《さくせい》隊を内地から呼んで井戸を掘ったが水は出なかった。

南方の島に出兵した兵を苦しめる病気の代表はマラリアであった。マラリアは蚊を媒体として伝染する。発症すると高熱が出て、体が衰弱し、適切な治療を受けなければ死ぬ。南の島では多くの日本兵がこの病気で命を落とした。

硫黄島ではこのマラリアが出なかった。これはこの島に水がないからである。水がないから蚊がいない。蚊がいないからマラリアがでないのである。

このことに関してこんな話をしたことがあった。

内地から輸送機がくると、パイロットと無駄話をする。それが数少ない私の息抜きだった。あるパイロットが、

「内地で淋病（性病）にかかったから、ここに来たついでにマラリアになって治そうかな」

と言った。

その当時、マラリアで高熱が出ると、その熱で淋病の菌が死に、完治すると信じられていた。私は笑って、

「ばか、ここには水がないから蚊がいない。だからマラリアはないよ。その代わり蠅はいる。マラリアの代わりにアメーバ赤痢にかかってかえれ」

とからかったりした。

私が硫黄島と聞いてまっさきに思いだすのは「水」である。とにかく、最初から最後まで（赴任してから捕虜になるまで）水に苦しめられた。

戦前から硫黄島には千人くらいの人が住んでいた。彼らはコンクリートで取水池を

何十ヵ所かつくり、雨水をため、飲み水や生活用水にしてきた。もともと千人がやっと暮らせるだけの水しかない。そこへ二万人以上の兵が上陸した。水が足りるわけがない。

兵たちはテントを張って寝起きしていた。そのテントの下で食事をし、作業場まで行って穴を掘り、かえってきてそこで寝る。連日それをくりかえした。

たまに雨が降った。雨が降るのは夕方が多かった。雨が降るとテントを裏返しにして水を受け、集めた水をドラム缶に移した。食器類も全部だして雨水をため、少しでも多く、自分の飲み水を確保しようとした。

どんなに重要な作業であっても雨が降ると中断して水を集めた。兵たちは雨を待った。しかしなかなか降らない。空を見上げては雨雲を探す。

サイパンやグアムなどでも日本兵は飢えた。しかし南方の島には川があったため水に困ることはなかった。硫黄島の兵は飢える前に渇きに苦しんだ。水が飲めない。兵たちにとってこれほど苦しいことはなかった。

雨は一週間以上降らないこともあった。米があるのに水がないため炊くことができない。そんな時もあった。

硫黄島に雨が少ないのは地形が平たいからである。南方の島には高い山があるため午後になるとスコールがきて、大量の雨を降らせる。この雨によって樹木が育ち、川や池ができる。硫黄島には最南端に高さ百六十メートルの摺鉢山が一つあるだけで、あとは山らしい山がない。ほとんど真っ平らな地形のため南国の島のようなスコールがない。

夏は夕方になるとにわか雨が降った。兵たちはそれをスコールだといってよろこんだ。

冬季は雨量が減る。十二月～五月の雨量は、六月～十一月の半分になる。私が硫黄島に着任したのが八月であるから雨が多い時期に行ったことになる。それでも空を見上げては「雨が降らないなあ」とため息をつくことが多かった。

硫黄島戦は、二月から五月までの間に行なわれた。これはこの島の乾季と重なる。水の備蓄が乏しく雨水に頼っていた日本兵にとって、戦争が行なわれた時期もまた不運な季節と重なった。

雨量の少なさが兵士たちの首を締め上げた。

食事

硫黄島は食糧事情も最悪だった。

生鮮食品がまったくなかった。食事は、生野菜はなく、乾燥させたジャガイモやにんじんが少量配られるだけだった。仮に生の野菜が送られてもすぐに腐ってしまう。だから輸送されてくるのは乾燥野菜だけだった。

兵たちは例外なく栄養失調になった。それでも、私のいた海軍は輸送力をもっていたため陸軍にくらべると食糧事情がよかった。兵隊の人数も、陸軍一万三千三百人に対し、海軍は七千五百人であったから、食糧の配給率も高かった。

陸軍とは異なり海軍ではすべての食事を烹炊所《ほうすい》でつくり、陣地に配った。めしを炊くための薪は船で輸送した。海軍の兵たちの食事は、麦めしと乾燥野菜だった。缶詰は高級品であったから配られるのはまれだった。

陸軍の食事の悪さは海軍の比ではない。飯盒《はんごう》には蓋よりも少し薄い中蓋（「中盒《なかごう》」という）がついている。あれにおかゆのようなご飯がすり切り一杯。それに梅干し一個。乾燥野菜が少々。これが一食分であった。これだけの食事で防空壕掘りやトーチカづくりを長期間やった。

体がもつはずがない。

陣地構築の作業が始まると兵たちの健康状態は一気に悪くなった。みるみるうちにやつれ、一ヵ月もすると立っているのがやっとという状態になった。

陣地構築

陣地とは、米軍が上陸してきた時に戦う場所である。

兵団本部が場所を指定する。各部隊の将校が指定された場所を地図で探し、兵を集め、防空壕（以下「防空壕」か「壕」と書く。使い分けに意味はない。現地では「壕《ごう》」と言っていた。防空壕と同意である）を掘る。

まず初めに各部隊の本部壕を掘る。次に、中隊や小隊単位の防空壕を掘り、地下道を横に掘って本部壕とつなぐ。本などを読むと、硫黄島の地下全体に通路が張りめぐらされたように書かれているが、そんなことはない。部隊ごとに防空壕を掘っただけである。

南方空、海軍警備隊、西戦車隊、伯田隊、千田旅団、栗林兵団本部などの部隊ごとに防空壕を掘った。「島を地下要塞化した」というよりも「各部隊の防空壕が島のいたるところにあった」というほうが近い。

兵団の構想としては、各部隊の防空壕を地下でつなぐ計画があったとも聞くが、とてもそんなことはできなかった。まして、摺鉢山と北地区の兵団壕を地下でつなぐなど不可能であった。

兵たちは自分たちの防空壕を掘るのがやっとで、それ以上の作業をする体力はなかった。

防空壕づくりは死の作業だった。穴はだんだん深くなっていく。壕内の温度は時に五十度を超えた。一日に小さな水筒一本の水とわずかな食糧で、連日、しかも昼夜兼行で作業を行なった。

昼夜兼行とは、交代こうたいで休みなく作業をつづけるという意味である。部隊を二つか三つに分け、数時間単位、あるいは半日交代で作業を行なう。二十四時間、作業が止まることはなかった。むろん休日もない。

米軍の攻撃が始まると、防空壕は自分たちが住む家となる。これができなければ空襲や艦砲射撃で死ぬ。兵たちは必死であった。

防空壕ができると、その上に陣地をつくった。タコ壺や塹壕《ざんごう》を掘るのである。

タコ壺とは人一人入れる縦穴のことである。穴の大きさは、直径約一メートル弱、深さ約一メートル半くらいだった。米軍がくるとそこに入って銃を構える。塹壕は夕コ壺とタコ壺をつなぐ通路である。いずれもスコップとツルハシで掘る。

後日の話であるが、苦労してせっかく掘ったタコ壺や塹壕も、米軍の艦砲射撃が始まるとあっという間に破壊された。その代わり、島のいたるところにタコ壺のような穴があいたため、米軍が上陸してきた時、兵たちはそこに入って銃を構えた。

後で考えれば、苦労して陣地をつくる必要もなかった。

衰弱

陸軍、海軍が総員体勢で防空壕を掘った。

防空壕の入口や通路は、耐久性をあげるために狭くつくる。そのため大勢で一気に土を掻きだすことができない。一人か二人で穴を掘り、後の者がバケツリレーで土を外にだすという作業を行なう。

この島は地熱が高く、穴を掘ると硫黄が熱風とともに噴きでる。作業を十分以上継続することは不可能である。四、五十度に昇る地熱の熱さと発散する硫黄ガスのため、数分で交代する。その数分の間に壕内で倒れ、這いつくばって出口までやっと辿り着くような状況だった。

この時期の陸海軍の一日の水の配給量は一人水筒一本分だった。水筒は大人の手のひら大の大きさで、腰に吊りやすくするために平べったくなっている。中に入っている水の量は五百ミリグラムのペットボトルよりも少ないだろう。何リットルの水を飲んでも足らないのに、この小さな水筒一本で一日を過ごさなければならない。しかもその水も硫黄臭く、飲むと逆に喉が渇くような水だった。作業が始まるとたちまち脱水症状が兵たちをおそった。

作業は困難を極めた。

防空壕の深さは二十五から三十メートルに達する。地下に行けば行くほど地熱は高くなる。穴の中は、苦しさのあまり発する兵たちのあえぎ声とうめき声で満ちた。防空壕は、必ず他の地下道とつなげ、入口を二ヵ所以上つくらなければならない。穴が一ヵ所だと通気ができないため壕内で窒息してしまう。

掘り始めた地下道の掘削は貫通してようやく風が通る。それを目標に一心に掘る。しかし、苦労して貫通してもそこにも硫黄ガスが充満しており、地下道がつながったとたん高温の熱風が体を直撃した。

海軍は輸送力と物資を持っていたため、穴掘りにダイナマイトを使うことができた。これでずいぶん作業が楽になった。これにたいし陸軍は、最初から最後までツルハシとスコップで掘った。衰弱はあきらかに陸軍のほうが激しかった。

掘った土砂を地上に運びだすのがまた苦しい作業であった。作業は人力で行なうため、穴の奥から土砂をバケツリレーで外まで出さなければならない。サウナのような地下道に一列に並んで土を運びつづける。穴が深くなればなるほど地熱は高くなり作業はきつくなる。まるで鬼が地獄の中で仕事をしているようなものであった。

壕の中はまぎれもなく生き地獄だった。

一方、灼熱の砂浜で行なわれたトーチカづくりも暑さと渇きとの戦いで、これまた炎熱地獄であった。広い砂浜でのトーチカづくりは人海戦術ですすめられた。ジリジリと焼けつく砂浜には太陽の陽をさえぎるものがまったくない。

交代で穴に入って土を掻きだす穴掘りとはちがい、広い砂浜では大勢の兵たちが一斉に働くことができた。にもかかわらず、かけ声をかける者も、笑顔を浮かべる者も誰一人いない。みな、口を開く元気もなく、無言で働いた。

ほとんどの兵隊は腰を曲げてゆっくりと動く。その姿は、老人のようだった。

第一飛行場の脇に、米軍の空襲によって破壊された飛行機の残骸が捨ててあった。

その部品を利用してトーチカをつくった。

砂浜を掘る。そこに飛行機の胴体を運ぶ。その上からコンクリートで固め、半地下式の機銃陣地をつくった。一式陸攻の胴体など、格好の材料になったようだ。

トーチカが完成すると砂で埋めて隠し、次のトーチカづくりに移る。

足下は火山灰が混じったやわらかい砂である。歩くとくるぶしまで埋まり、足をとられた。

兵たちの動作は鈍い。いくら将校が叱咤してもノロノロとしか動けなかった。硫黄島に送られた兵のほとんどは応召兵である。応召兵の平均年齢は三十代から四十代であった。今の年齢にすると四十代から五十代、あるいはそれ以上に相当するだろう。老兵の集まりだといっていい。

食は貧しく水もない。そのうえ、この過酷な作業である。兵たちは体力も気力も消耗した。

陣地構築の作業は昭和十九年十月の初めから始まった。

兵たちは、一ヵ月もしないうちに日射病と脱水症状と栄養失調で倒れ、病棟に送られる者が続出した。そのうえ、昼はB29が二十機から三十機で爆撃にきた。空襲警報が鳴るたびに兵たちは足をもつれさせながら防空壕に逃げ込んだ。

米軍の攻撃は徹底していた。眠らせないために夜間も一、二回の爆撃を毎日行なった。

十一月下旬に入ると、栄養失調と脱水症状にアメーバ赤痢が加わり、病に倒れてそのまま死んでいく者が出はじめた。アメーバ赤痢とは、赤痢アメーバという原虫を病原体とする大腸炎である。

硫黄島は蠅が多かった。その蠅が兵たちの便にたかり、飛びまわることによって菌を運んだ。この病気の伝染は早く、階級に関係なく、約一ヵ月ほどでほとんどの将兵が罹患した。

アメーバ赤痢になると二、三十分おきに下痢をする。便には粘液性の血が混ざる。刺すような痛みをともなう下痢である。兵たちは血便を垂らしながら作業に従事した。

作業は完全に昼夜兼行で休みは一日もない。

「こんな苦しい作業をするぐらいなら死んだほうが楽だ」

というのが兵たちの口癖だった。兵たちの体力の消耗は極限に達し、思考力も衰えた。

搬送拒否

昭和十九年十二月。

十二月に入ると兵たちの疲労は限界を超え、作業に耐えきれず次々と倒れた。倒れて動けなくなった者は野戦病院に入る。病院とはいっても、テントの下に毛布を敷いているだけで、収容しても薬もない。ただ寝かせておかゆを与えるだけであった。倒れる者は日ごとに増え、やがてそこにも収容しきれなくなった。

そこで海軍は、症状がひどい者に限り、横須賀の病院に送り返すことに決めた。さっそく軍医が診断し、再起がむずかしいと判断された者については、不定期（一ヵ月に多い時で四、五回。少ない時で一、二回）にくる輸送船に乗せて横須賀にかえした。硫黄島の兵隊は全員が病人だった。その中で内地にかえれるのは、呼吸をしているのがやっとという状態の者だけである。身動きもできない植物状態の者だけが「重度の病人」と診断されて船に乗せられた。

内地へかえれることが決まっても、もはや虫の息でよろこぶ力もない。

硫黄島を出た輸送船はいったん父島に行き、その後、数日をかけて内地に向かう。船の中で過ごす時間もまた過酷なものであっただろう。そうやって何日もかけて運んだ者は、横須賀に到着後、全員死んだ。横須賀の病院に収容されても治療のほどこしようもなく、三、四日以内に死んだというのである。

なぜそれがわかったのかというと、一月初めに横須賀の病院から、

「硫黄島からの患者は助かる見込みがないから送ることのなきよう徹底されたい」

という通達が来たからである。私は書類を見ておどろいた。

「元気をだせよ」

と言って送り返した兵たちが例外なく死んでいる。しかもそれだけではなく、硫黄島の患者はどうせ死ぬからもう内地に送るな、という命令が出されたのである。

そんな命令を出す病院にも腹がたったが、これほど兵たちを消耗させた兵団の作業計画もひどいものだと思った。

硫黄島に来るまでは元気だった兵隊が、数ヵ月の作業で医者も手のほどこしようのない状態になった。それほど陣地構築の作業は非人間的なものだったのである。

作業継続

昭和十九年十二月末。

日中の砂浜では日射病にかかってバタバタと倒れ、壕内では衰弱して動けなくなる兵たちが続出した。私はあまりの惨状に、「こんな状態では米軍が上陸してきた時に、

はたして戦争ができるのだろうか」と思った。

十二月の終わりごろ、陸海軍各部隊の参謀が集まった。兵団にたいする要望をまとめるための会議である。そこで、

「兵たちの体力の消耗があまりに激しすぎる。このままでは米軍が上陸した時に戦闘不能の状態に陥ってしまうのではないか」

という意見が出され、

「陣地構築を少しやめて、兵隊を休ませよう。そして、海軍の輸送機を使って内地から食糧や薬を運び、兵たちの健康を回復させたほうがいい」

という結論になった。

必要な食糧や医薬品は海軍の輸送機を使う。それを陸海軍を問わず、兵隊全員に配り、疲労を回復させる。会議の結果を聞いて私は当然だと思った。そうしなければとても戦争にならない。兵たちの現状を見れば一目瞭然であった。そして、

「陣地の完成よりも、兵に休養と栄養を与えるほうを優先させたい」

という意見を陸海軍の参謀たちがまとめ、兵団に申し入れをした。

しかし、「それは一切だめだ」という答えが兵団から返された。そして、「計画どおりに作業を続行せよ」と命令された。

私はおどろいた。陣地が計画どおりにできても、兵隊が動けなくなれば戦争にならないではないか。兵団の将校たちは、兵たちの現状を見ていないのだろうか。結局、現場からの意見は却下され、作業継続の決定が兵団の名で伝達された。決定権は兵団長が持っていた。兵団長は栗林忠道中将である。作業継続の決定は栗林中将がした。これは間違いない。

この命令が硫黄島の兵たちから最後の体力を奪った。

水不足による脱水症状。蔓延するアメーバ赤痢。そのうえ、米軍の上陸が近づくにつれて輸送船が来なくなり、食糧事情はますます悪くなった。栄養失調が兵たちの肉を削り、体力を剥ぎ取る。そういった状況で昼夜兼行の過酷な作業である。ほとんどの者が歩くのがやっとという状態になった。

硫黄島には数は少ないが少年兵もいた。十代の彼らはさすがに体力があり、体は痩せても元気があった。私が見たかぎり普通に動けたのは、将校の一部とこの少年兵たちだけだった。硫黄島の兵の大半は応召兵である。年齢の高い彼らの健康状態は凄惨なものとなり、立つとフラフラし、歩く時もノロリノロリとしか動けなかった。

硫黄島の兵隊は、陣地構築の段階で体力がどん底まで落ちた。そして二ヵ月後に米軍が上陸してきた時には戦う体力は残っていなかった。戦闘が始まる前に兵隊を動けない状態にした責任は兵団にある。もう少し、兵たちの健康に気を配ってほしかった。
それが私の率直な感想である。

日常

米軍の攻撃が始まるまでは、硫黄島にも日常があった。以下、私の一日を簡単に記しておく。

朝の八時ごろから南方空の本部で朝礼があった。そこでその日の命令を受け、八時半から九時ごろ、車で第一飛行場に向かう。

第一飛行場の脇に鉄筋コンクリートの建物があり、そこに無線などを置いて「船見台の指揮所」として使っていた。

私の主たる任務は空港の整備であった。

八月か九月ごろまではB24、それ以降はB29が二十機以上で毎日のように空襲にきた。空襲は午後一時半から二時ごろの間にきて、二百五十キロ爆弾を数十発落とす。一回の空襲で第一飛行場に三十ヵ所以上、第二飛行場に二十ヵ所以上の大穴があいた。

私は第一飛行場の担当だった。二百人ぐらいの兵を指揮して、昼夜兼行で穴うめ作業を行なった。

作業はいつも深夜二時すぎまでつづいた。道具も満足になく、何本かのスコップや板切れを使って、人力で穴うめをしなければならない。これは大変な作業だった。第一飛行場は大型機用で一式陸攻が内地から飛んでくる。私の仕事は穴うめのほかに、サイパン、テニヤン、グアムに向かう爆撃機の整備もあった。

十二時ごろ内地を一式陸攻が出発し、夕方四時か五時ごろ硫黄島に着く。硫黄島までだいたい四時間くらいかかった。飛んでくる数は八機前後だった。

到着した一式陸攻に燃料を入れ、爆弾を搭載する。爆弾は一機に二百五十キロ爆弾（「二十五番」と言っていた）を四発積んだ。

爆弾を積む作業や燃料補給には時間がかかった。夜までつきっきりで整備し、夜の七時か八時に出発させる。目標はマリアナ諸島の米軍基地である。米軍基地にあるB29を破壊し、本土攻撃を防ぐのが目的であった。

夜の八時ごろ出発した一式陸攻は、深夜の零時前後に爆撃地点に着いて爆弾を落とし、そのまま反転して硫黄島にかえってくる。これが朝方の四時か五時ごろになる。

数時間後には米軍の空襲がある。米軍のB29が空襲に来た時に、滑走路に一式陸攻がいると破壊されてしまう。それまでの間に内地に向けて出発させなければならない。時間との勝負であった。そういった仕事の合間に、輸送船がくると荷揚げ作業の指揮もしなければならなかった。

絶え間なく仕事が入り、宿舎や指揮所で数時間の仮眠をとっては仕事に出ていかなければならなかった。


第一飛行場にくる一式特攻をはじめとする大型機には七人の搭乗員がいた。その連中から内地の情報をとった。

こんなことがあった。

十二月に木更津から輸送機が来た時、パイロットが「日本はもうだめだよ」といきなり言った。私がびっくりして理由を聞くと、十二月七日に静岡方面で大井鉄橋が崩落するほどの大地震（東南海地震）があり、駿河湾から紀伊半島にわたる地方に大きな被害が発生し、三菱の工場が壊滅したという。

名古屋の三菱工場は、日本の飛行機製造の中枢で、飛行機のエンジンはほとんどそこで組み立てられていた。

工場は海岸沿いにあったため、建物は壊れ、液状化現象で地面は水浸しになった。工場にはエンジンの部品やボルトやナットなどが、機種別やサイズごとに分類整理してあった。

それら何万という細かい部品がゴチャゴチャになり、それを拾い集めて選り分けすることなど絶対に不可能らしい。その搭乗員は、

「エンジンができないからもう飛行機をつくることができない。日本はもうだめだよ」

と言った。

この地震のことは軍が極秘にしたため、報道されていなかった。しかし、私はパイロットから口コミで聞いた。

「今後飛行機が来なくなれば、この島にいる我々はどうなるのだろう」

私の気持ちは暗くなり、その日、浮かぬ顔のまま宿舎にかえった。

私は同期七、八人と民家に一緒に住んでいた。仕事が終わるとそこにかえって寝た。寝る時はふすまを取っ払って毛布を並べた。

同期たちもアメーバ赤痢にかかり、満足に働けない状態だった。重い体を引きずって深夜に宿舎を出る。入れ替わるように他の者が帰宅し、毛布に倒れ込むようにして眠る。気楽な男所帯だったが、疲れていたためか会話をした記憶があまりない。

我々も消耗していた。一日の仕事をこなすのに精一杯だった。

輸送

武器弾薬、食糧や雑貨、文房具、通信機器などの物資は船で輸送される。輸送は海軍の船で行なうため、荷揚げ作業の指揮も海軍の将校が担当した。海軍の警備隊は、いつ空襲があるかわからないという理由で陣地から動かなかった。そのため荷揚げの指揮官は南方空からだした。

私は他の同期にくらべてアメーバ赤痢の症状が軽かったため、しょっちゅう指揮官をやっていた。荷揚げの作業は約三百人で行なう。海軍から二百人をだし、陸軍から百人くらいの応援をもらった。

炎天下の砂浜で次々と運ばれてくる荷物を、「これは海軍だ」「こっちは陸軍だ」と荷物を振り分けてトラックで運ぶ。作業は早朝五時ごろに集合し、六時ごろから十二時ごろまでかかった。

私が輸送作業の指揮をしていた時、陸軍の食糧の一部が何度か消えた。トラックで運ぶ途中で食糧の箱を蹴落とし、それを後から取りにきて自分の取り分にする兵がいたようだ。それを見たわけではないが、おそらくそうだと思う。

というのは、台帳と運ばれた荷物の数が合わず、陸軍の将校から呼びだされ、「数が足らないがどういうことだ」と文句を言われたことが二、三回あったからだ。その時、「これはやってるな」と思った。

海軍でこういった行為がなかった（あるいは少なかった）のは、食事は主計科が一括してつくり、兵隊に均等に配っていたからであろう。

陸軍は個人に一定の食糧が渡されて自炊を行なっていた。その食糧をどう食べるかは個人の判断で行なう。もらった食糧で次の配給まで食いつながなければならない。当然、他人よりも多く食糧を確保したいという欲求が強くなる。そこで輸送作業の時、トラックの荷台に乗った兵が盗んだのだろう。

私は、陸軍の将校から、「どうしてくれるんだ」と詰め寄られた。私は台帳を見せて、「ちゃんと振り分けている。陸軍の兵隊が盗んだのだろう」と反論した。すると、「ないものはない。なくなった分の食糧を補充してくれ」という。

それをすれば、今度は他の部隊から文句が出るだろう。いやそんなことはできない、いやそれじゃあ困る、などといい争いになったこともあった。

荷揚げ作業は南地区にある南波止場で行なわれた。この海岸線は水深が浅いために船が接岸できない。輸送船が来ると百メートルか二百メートルくらい離れた位置に停泊し、ダイハツという小型船を使って物資を運んだ。

輸送船から小型船に荷物を積みかえるのがむずかしい仕事であった。ボートよりも少し大きい小型船で近寄り、クレーンで荷物を移しかえる。お互いに揺れるうえに船の大きさがちがうため、荷物の受け渡しがうまくいかない。比較的元気で若い兵隊が担当したが、厳しい作業だった。特に海が荒れた時などは命がけの仕事になった。幸い死人は出なかったが、あぶない場面は何度もあった。重傷ではなかったが負傷した者も数人いた。

十月の後半くらいになると、何回かに一回の割合で新しい船が来るようになった。これをＳＢ船といった。ＳＢ船は南海岸の砂浜に突っ込んで三分の一くらい乗りあげ、前の扉がバタッと開いてそこから荷卸しができた。これは非常に便利で、ずいぶん助かった。

この船が来た時は、船から直接荷物を担いで運ぶことができた。また、戦車やトラックを島に持ってこられたのもこの船のおかげであった。定期的に輸送船が来たのは十二月までだった。一月になって船が来たのは一度か二度。二月に入るとまったく来なくなった。

輸送船が来ないということは食糧が欠乏するということである。戦闘が始まる前に日本兵は飢えた。

内地からの輸送船はいったん父島に来て、折を見て硫黄島に輸送した。父島と硫黄島の距離は約二百キロメートルある。その間の海は米軍が支配しており、潜水艦が出没していた。発見され次第、攻撃される。

父島からの輸送もまた命がけの任務であった。

井上大佐

海軍の将校は一ヵ所に集まって食事をする習慣があった。

南方空では幕舎の一つを士官室として使用し、椅子とテーブルを置き、そこで少尉以上の将校が一緒に食事をした。

朝昼晩、食事時になると井上大佐以下の将校約二十名がテーブルを囲んだ。

本来、少尉と中尉は士官次室で食事をとり、大尉以上の将校とは区別される。しかし硫黄島では将校の数が少なかったため一緒に食べることが許されていた。その席で佐官以上の将校たちから、会議の結果や兵団の方針、あるいは様々な噂話を聞くことができた。

将校の食事には一個か二個の缶詰が皿に盛って出され、それをみんなでつついた。兵隊と将校の食事のちがいはその程度で、基本的には同じだった。海軍では階級に差があってもわりとざっくばらんに会話をする。南方空のトップである井上大佐は常識人で温厚な人だった。

とはいっても我々少尉たちは一番階級が下なので、将校たちの話を黙って聞いていることが多かった。

ある時、食事の席で井上大佐から、「おまえたち、何か意見はないか」と声をかけられた。

そこで私が、「整備兵は飛行機に乗らないのに航空加俸が出ています。これはおかしいのではないでしょうか」というようなことを言った。

二十二歳だった私は、性格的に言いたいことをはっきり言うところがあった。

当時、搭乗員は危険手当として航空加俸が出ていた。月額約六十円くらいだったと思う。

この航空加俸は、搭乗員だけでなく整備の将校と下士官にも出ていた。将校で月に約三十円、下士官で約十五円だった。

我々整備兵は飛行機に乗りもしないのにもらっている。それが、かねがねおかしいと思っていた。そのことを私が言うと、井上大佐は、「そんなことをいうな」と私を叱り、

「お前は独身だからそう思うかもしれないが、航空隊の下士官には妻帯者がたくさん

いる。その連中は家族を内地に残してきている。我々は戦地にいる以上、いつ死ぬかわからない。夫が死んだら残された家族に必要なものは金だ。飛行機に乗らないともらえないなら整備の下士官ももらえない。それじゃあみんな困るし、下士官たちの家族もかわいそうだろう」

と苦笑しながら言われたことがある。

井上大佐と私とでは天と地ほどの身分の差がある。少尉が大佐と対等に会話をするなど陸軍では考えられない。海軍でも兵学校を出たての若い将校は鼻息が荒いが、大佐以上になると常識的な人が多く、階級が離れたほうが逆に話しやすかった。

海軍司令官の市丸少将も気さくな人柄で、部下に高圧的な態度をとることはなかった。これにたいして陸軍の将校は階級意識が強く、とっつきにくい人が多かった。

硫黄島の最高責任者であった栗林中将も例外ではない。エリート意識が強く、部下にたいして厳しい性格であると、硫黄島の海軍将校たちが話をしていた。

それを聞いていたからというわけではないが、私の栗林中将にたいする印象もあまりよくない。

栗林中将とは二回ほど接触した。一度は会議の席で見た時。もう一度は荷揚げ作業をしていた時に話しかけられた。その時、「典型的な陸軍型の将校だな」という感想を持った。

薪

昭和二十年一月初め。

私は南波止場の砂浜に立ち、ボートで運ばれてきた物資を台帳につけ、トラックを指定して運ばせる作業をしていた。そこに後方から人がきた。そして振り向く間もなくいきなり、「貴官、それはなんだ」と質問された。

海軍は「貴様」という。「貴官」は陸軍の呼び方である。声の感じからして陸軍の偉い人だとすぐにわかった。

私は振り向いて直立不動の姿勢をとり視線を上げた。そこに栗林中将が立っていた。以前に会議室で一回見たからすぐにわかった。むろん向こうは私のことなどおぼえていない。栗林中将の後ろには随行の将校が四、五人いた。私はびっくりしてぼんやりしてしまった。

私が黙っていると、栗林中将は、

「貴官、それは何を運んでいるんだ」

とボートを指でさしながら質問した。きつい聞きかたであった。

ボートの中には薪があった。覆いをかぶせているわけでもなく、そのまま積んである。海軍の主計科が使う煮炊き用の薪である。この薪を燃やして大釜で飯を炊き、兵隊に配る。

薪は木の枝を短く切って縄でたばね、ボート一杯に積んであった。硫黄島の最高責任者がその薪を指さして「これはなんだ」と聞いてきたのである。

私はとまどった。

薪であることは見ればわかりそうなものだが……。いったいどういう意味だろうか……、と考え込んでしまった。

「陸軍では薪といわずに別のいい方をする。海軍ではなんと呼ぶのか」とでも聞いているのだろうか。そう考えて、「海軍では薪は薪といいます」と答えようかと思ったが、陸軍の中将がそんなことをこんなところで聞くはずがない。

私は答えに窮し、黙って立っていた。栗林中将は明らかに苛立っている様子だった。

「これはなんだ」

とまた聞いた。私はやむをえず、

「はい、薪であります」

と答えた。

それにたいし栗林中将は、

「そんなことはわかっておる。なぜこのような時に薪など運ぶんだ。今必要なものは武器弾薬ではないか」

と大声を出し、

「薪などを運ぶ余裕があるなら武器を運べ」

と私を叱りつけた。

私はおどろくよりもむかっ腹がたった。

私は内地から送られてくるものを振り分けているだけなのだ。私が薪を送らせているのではない。少尉の私に文句を言ってもどうしようもないことはわかるはずだ。文句があるなら大本営に言えと思ったが、反論せず、黙っていた。

栗林中将は憤然とした様子で足早に立ちさった。その後を将校たちが追った。

私は後ろ姿を見送りながら、変な人だなあと思った。

栗林中将はエリート意識が強く、部下に厳しく、腹がたつと人前でも大声で怒鳴るという噂を聞いていた。「噂どおりの人だ」と私は思った。

手紙のこと

以下も当時の噂話である。

陸軍士官学校の卒業者が進学する大学として陸軍大学校がある。滅多に入れない超エリート学校である。ここを出た者が陸軍のトップになる。この大学には「本科」と「専科」の二種類があった。「本科」が四年制で「専科」が二年制である。今の大学でいえば、本科が「普通大学」で専科が「短大」にあたるだろう。栗林中将は本科出身であった。

本科は、参謀として必要な知識を総合的に学ぶ。それにたいし専科は、歩兵なら歩兵、陸戦なら陸戦、工兵なら工兵を専門に学習する。この専科と本科の大学を卒業した者が「参謀」になる。硫黄島にも参謀が各部隊にいて、本科出身と専科出身の両方がいた。

私などからすれば、専科だろうが本科だろうが参謀は参謀である。陸軍大学を出たというだけでたいしたものだと思う。ところが栗林中将は両者を区別していたという。

「専科出は使い物にならない」

と専科出身の参謀を罵倒するようなことが何度かあったらしい。これは将校の間でよく話題になっていた。それだけではなく、「専科出を本科出の参謀に切り替えろ」と内地の司令部に交渉したりした。

また、予備役出にたいしても厳しかった。

士官学校を出て直接軍隊に入った将校を「現役」という。兵役期間を終わって軍務を解除された者を「予備役」という。

「予備役出」は一度引退して再び応召した者のことをいう。ＯＢの再雇用のようなものである。当然、年齢は高くなる。その予備役出にたいし、

「小隊長、中隊長までは予備役出でもよいが、大隊長以上は士官学校出の現役に切り替えろ」

などと言ったり、実際にそういう人事をしたという。

以上のことは、私が実際に聞いた、硫黄島の将校たちの間でひろまっていた噂である。

一時期、硫黄島がにわかにブームになった。いくつかの本も出版された。私は近所の本屋に立ち寄り、いくつかの本をめくってみた。たまたま手にした本は、栗林中将が硫黄島から家族に送った手紙を集めたものであった。

本を開くと、おびただしい数の手紙がのっている。さっそく手紙をかぞえてみた。全部で四十通近くある。私はおどろいた。あの時期にこんなに手紙を書いていたとは。

栗林中将は昭和十九年六月に着任した。戦闘が始まって内地との輸送ができなくなったのが翌年の二月の初めである。そうすると栗林中将は、六月から二月までの八ヵ月間にあれだけの手紙を書いたことになる。

そのころ、硫黄島の兵たちは、不眠、不休で壕掘りや陣地構築、空港の整備や輸送にあたっていた。そして、前述したように、兵たちの健康状態は凄惨な状態になっていた。

我々海軍少尉たちも、眠っても数時間で起き、またノロノロと仕事に向かった。手紙を書く暇などまったくなかったし、仮に時間があっても疲れて手紙なんか書ける状態ではなかった。

私は、手紙の数をかぞえた時、頭の中が真っ白になった。

その本では、この手紙を書いた栗林中将を「家族思いの将校だ」と書いている。他の本もめくったが、判で押したように同じようなことが書いてあった。

私の印象はちがう。

私は本を読んだ時、家族にたいする思いの何分の一かを兵士たちに向けられなかったのか、と思った。

これは、栗林中将にたいする批判ではなく、硫黄島戦を体験した私の率直な感想である。

第三章　米軍上陸

地雷

昭和二十年二月十三日午前八時ごろ。

元山飛行場（第二飛行場）から天山艦攻二機が索敵に飛びたった。天山は、マリアナ沖を進む米艦隊を発見し、硫黄島に速報した。

同日十一時三十分。

「マリアナ付近を米機動部隊が北上中」

との一報が入った。いよいよ戦闘が始まる。

硫黄島の日本軍は、陸軍一万三千七百人、海軍七千五百人の総計二万千二百人であった。それにたいする米軍は艦船約八百隻、航空機約四千機、上陸部隊約七万人であった。

この時期になるとB29の空襲に加え、戦闘機による攻撃も始まった。空母から離陸した戦闘機が島の上を飛びまわり、日本兵を見つけると機銃掃射を浴びせた。

二月十四日昼。

私は、「元山飛行場（第二飛行場）に地雷を埋めよ」との命令を受けた。地上戦では、米軍は必ず戦車を使う。その戦車を破壊するために地雷を埋めろ、という命令であった。大変な作業である。しかし命令である以上、やらざるを得ない。下士官に命令して作業員を選抜し、準備にかかった。

夕方になると戦闘機は空母にかえる。その時間を見計らって外に出た。午後五時半ごろ。私は外に出て空を見た。戦闘機はいない。みんな空母にかえったようだ。

私は二、三十人の兵隊を連れて空襲用六十キロ爆弾（「六番」といった）の保管場所（専用の防空壕）に行き、トラックの荷台に約三十発積み、そのまま兵隊を荷台に乗せて滑走路に向かった。私は助手席に乗り込んだ。

空が気になってしかたがない。戦闘機は日が暮れると母艦にかえる。とはいっても帰隊が遅れたものがいないともかぎらない。一機でもいたらひとたまりもない。右に左に大きく揺れながら、私はずっと上を見ていた。

幸運にも敵機は現われず、我々は無事に滑走路に着いた。さっそく作業にとりかかった。

まず穴を掘り、六十キロ爆弾を置き、その上に棒地雷を置いて土をかぶせた。戦車が棒地雷を踏むと爆発し、六番が誘爆する仕組みである。

戦車は十キロから二十キロの爆弾で破壊できる。六十キロ爆弾が爆発すれば、戦車だけでなくその周囲の部隊も消し飛ぶはずだ。しかし、そうはうまくいかないだろう。命令だからやってはいるが、どれほどの効果があるのか最初から疑問に思っていた。

作業はうまくいった。

元山飛行場の滑走路は長さ八百メートル、幅五十メートルある。地雷はたがいちがい（いわゆる千鳥に）に二十四発セットした。

作業が終わったのは午後十時半ごろだった。私はその足で南方空の本部壕にいき、地雷を埋めたことを報告した。本部壕では、報告を受けた米軍の艦船のあまりの多さにおどろき、

「硫黄島のような小さな島を攻撃するのに、こんなに大量の軍艦を使うはずがない。この艦隊は日本本土の攻撃部隊である。だから沖縄に向かっているのだ」

と、ある将校が自説を展開していた。意見というよりもそうあってほしいという願望を言っているように感じた。それにたいし、

「いや絶対に硫黄島に来る。米軍はこれまで必ず日本の飛行場を確保してきた。今回もそうするはずだ。まちがいなく本土攻撃のために硫黄島をとりにくる」

と反論する将校がいて、盛んに議論をしていた。

私は米軍の針路からして硫黄島に来ると思っていた。しかし、上陸しないかもしれないという考えはあった。硫黄島に艦砲射撃を行なって日本の飛行場を破壊する。それが終わったら沖縄に向かう。

私はそうあってほしいと願った。

神山海岸

昭和二十年二月十六日午前七時ごろ。

硫黄島に米海軍が到着した。米軍による至近距離からの艦砲射撃と空爆が始まった。ものすごい砲弾が島中に降りそそいだ。大音響とともに島が揺れた。そのすさまじさは経験した者にしかわからない。いったいどれくらいの軍艦が来ているのだろうか。

私は南方空の本部壕の近くにある小隊壕の中にいたため、米艦隊を見ることはできな

かった。

我々は壕内の高温に耐えながら、小隊員全員でじっとしていた。


二月十七日午前八時零分。

玉名山地区に戦闘配備命令が下った。

砲弾が降りそそぐ中、私は兵六十人とともに出発し、玉名山の陣地に行き、陣地の下につくった防空壕の中に入って息をひそめた。壕内はどこも熱い。高温で多湿だった。ときおりガスも発生する。なるべく風通しのいいところを探してすわり込む。

誰も話をしない。みな、無言で、うつむいてすわっている。

米軍は上陸するだろうか。私はそのことだけを考えていた。

米軍が上陸すれば我々は死ぬ。上陸しなければ助かる。艦砲射撃が終われば本土に向かうかもしれない。そうあってほしい。そう心から願った。

米軍は上陸するだろうか。

ろうそくが灯る壕内で私の思考は旋回した。


二月十七日昼。

「東地区の神山海岸にある海軍警備隊の砲台が艦砲射撃で壊滅した」

との情報が入った。南方空の本部は、砲台がやられただけではなく敵が上陸したのではないかとあわて、

「大曲小隊から斥候をだせ」

という命令を出した。

日本軍は東海岸からの米軍の上陸はないと考えていた。そのため東海岸は守りがうすい。もしそこから上陸されると南方空の本部だけでなく、兵団本部も一気にやられる。

さっそく私は下士官を長にして偵察に行かせた。砲弾が降りそそぐ中の命がけの偵察であった。

数時間後、偵察隊は無事にかえってきた。そして下士官から、

「艦砲射撃によって砲台は壊滅したが、敵が上陸した形跡はない」

との報告を受けた。

私は偵察結果を報告するために南方空の本部壕に向かった。外に出ると砲弾が周囲にバンバン落ちてくる。私は身をかがめ、息を止めて南方空の本部壕まで走った。走ればすぐのところに南方空の本部壕があった。ところが私は道にまよってしまった。

地形が変わってしまい本部壕がわからないのである。

ひゅー　ひゅー　ひゅー　ひゅー　ひゅー　ひゅー
うなりをあげて無数の砲弾が飛び、
だーん　だーん　だーん　だーん　だーん　だーん
と地上に炸裂する。地面が揺れる。音が耳をつんざく。それが途切れることなくえんえんとつづく。砲弾が落ちると岩が砕かれ、大小の石が鉄の破片とともに頭上を飛ぶ。

外でウロウロしているとやがて当たる。私は必死になって本部壕を探し、ようやく入口を見つけて中に入った。その時、異様な光景を見た。

南方空の本部壕には神山海岸の海軍警備隊の兵たちが来ていた。兵たちは砲台がやられたため行くところがなくなり、南方空の本部壕に退避してきたのだ。

それにたいしてT飛行長が、

「貴様ら陣地を放棄してかえってくるとは何事だ」

と大声をあげ、

「今すぐ陣地に戻れ」

と追い返した。

私はおどろいた。陣地がなくなってしまったのだからしかたがないではないか。追い返された彼らはこれからどこに行くのだろう。我々は兵団から、「自分の陣地を死守せよ」という命令を受けていた。その意味がこの時わかった。これは、「自分の陣地で死ね」ということなのだ。

「突撃を禁ずる。退却を禁ずる」

と言われてはきた。しかし部隊がバラバラになれば、他の部隊に合流することは許されると思っていた。その部隊に入ってまた戦えばいい。私はそう考えていた。

しかしそうではなかった。

「突撃を禁ずる。退却を禁ずる。そこで死ね」

これが硫黄島の兵隊に課せられた命令だったのである。

地雷回収

昭和二十年二月十八日昼。

南方空の本部から伝令がきた。すさまじい砲弾の中、命がけの伝令であった。

私は水を一杯与え、「ごくろうさん。大変だったね」と若い伝令をねぎらった。まだ米軍の上陸はない。

こんな時になんの用だろうか。私は伝令の前に立った。伝令は直立不動の姿勢で、

「大曲少尉、直ちに滑走路に埋めた爆弾を回収してくること。以上」

と言った。

「えっ……」

私は絶句した。

すでに米軍のすさまじい艦砲射撃と空爆が始まっている。その中を……。しかもせっかく埋めた爆弾をまた掘り返してこいとは。

私は何かの間違いかと思って何度も聞きかえしたが命令は本物であった。

いったいなんのために……。理由がまったく理解できない。

これは死ぬ。そう思った。

しかし、命令である以上、イヤとはいえない。しかたなく、午後五時ごろ人数を集め、敵戦闘機が空母に戻ったころを見計らって出発した。

我々は、昼間帯にB24爆撃機四十機、艦爆（小型の爆撃機）百三十機での空襲、そして五百以上の艦船からの艦砲射撃を受けていた（米軍資料）。

砲撃は時間によって波があった。おそらく食事の時間や休憩の時間になると少なく

なるのだろう。米兵の稼働率によって発射される砲弾の数も変化した。

夜になるとやや砲弾が減る。それでもすごかったが昼間ほどではない。私は三十人の兵隊を連れて元山飛行場にトラックで向かった。その時間は幸い艦砲射撃が静かだった。夕食の時間なのだろうか。

飛行場までは歩けば二、三十分、距離にして千五百メートルである。外に出ると米軍の砲弾で地形は凸凹になっていた。島の草木は消し飛び、岩肌が剥きだしになっていた。上空に戦闘機の姿はない。兵たちが時間をかけてトラックの荷台に乗り込んだ。真っ暗になると地雷の場所がわからなくなる。暗くなる前に掘り返さなければならない。

早くしなければ日が暮れてしまう。

気持ちはあせったが黙って待った。兵たちは衰弱のため、ゆっくりとしか動けないのだ。

連れていかれる兵も泣くような思いだったろう。この者たちは赤紙一枚でこの島に来た応召兵である。陣地構築で消耗し、骨と皮だけのようになっている。

荷台に兵たちがすわった。彼らが何を考えているのかはわからない。ただ無言でうつむいていた。

トラックが発進した。ガタガタと車体を揺らしながらゆっくりと進む。地形が砲爆で凸凹になっていて速度がだせない。内陸部を走ったため米軍から我々の姿は見えない。狙い撃ちをされないことが不幸中の幸いだった。

午後五時半ごろ。元山飛行場に到着した。あたりはまだほの明るい。残っていた木の陰にトラックを隠し、忍者のように低い姿勢で滑走路にでた。その時、初めて島を取り囲む米艦隊を見た。びっくりして呼吸が止まった。まばたきも忘れた。私はこれほどの艦隊をこれまで見たことがない。世界中の船を全部集めたのかと思った。島の周囲を三重くらいに約三百隻の米艦隊が取りまいている。しかも石を投げれば届くのではないかと思うほど近くにいた。一番近い船の上では、タオルを首に巻いてタバコを吸っている米兵たちの顔が見えた。

振り返って滑走路を見てもう一度おどろいた。これまでのB29による空襲は主に飛行場が中心で、爆撃があると第一飛行場に約三十ヵ所、第二飛行場に約二十ヵ所の穴があくのが普通であった。

私は、これだけの艦砲射撃や空爆があったのだから、滑走路はボコボコになっているはずだ、と思っていた。ところが、無傷なのである。島中、隙間なく砲弾がまかれたのに、滑走路には一発も落ちていない。穴が一個もあいてないのである。これが、偶然のはずがない。

私は戦慄した。米軍は艦砲射撃も空爆も滑走路をわざとはずしている。これは上陸してくるつもりだ、とすぐにわかった。

滑走路に穴をあければ使う時にそれを埋めなければならない。それだけ余計な作業が増え、使用開始が遅れる。

米軍は上陸してすぐ滑走路を使うつもりでいる。だから滑走路に一発も弾を落としていないのだ。間違いなく上陸する。そして、硫黄島の兵は全員死ぬ。私は自分の死を確信した。

地雷回収の作業がおわった。

陽が落ちてあたりは暗くなった。米艦隊から打ち上げられた常時数百発の照明弾が周囲を照らす中、我々は防空壕に向かった。米艦隊は飛行場とその周辺をはずして艦砲射撃をしていたため、作業中に砲弾が落ちてくることはなかった。

二十四発の六十キロ爆弾を積んだトラックが、周囲に砲弾が散発的に落ちる中をゆっくりと走る。我々は無事にかえり着いた。奇跡的な生還であった。

回収した爆弾を別の部隊に引き継ぎ、壕内に入った時にはぐったりして声もでなかった。兵たちも無言ですわり込んだ。

私は滑走路のことを思いだしていた。まもなく米軍が上陸してくる。緊張と恐怖で指先が震えた。

私は外に出て南方空の本部壕に行き、爆弾を回収したことを報告し、その際、南方空の将校に、

「滑走路には穴が一つもありませんでした。これは上陸してすぐに滑走路を使うためです。米軍は必ず上陸します」

と説明した。

しかし、井上大佐以下の将校たちは首をかしげ、

「それは偶然ではないか。二、三日後に、沖縄のほうへ向かう可能性が高い」

といい、私の話を容易に信じようとはしなかった。

砲撃

昭和二十年二月十六日から十八日までの間、休むことなく米軍の艦砲射撃がつづいた。それは想像を絶するものであった。これぱかりは体験した者にしかわからない。

その砲弾の量は、三十分間に八千発の艦砲射撃と数千トンの空爆というすさまじさであった（米軍資料による）。後の資料の中には、その砲弾の量は、島中に半紙を敷きつめ、その半紙に一発ずつ落ちた量に相当すると、書かれているものもあった。

夜は昼間のように明るく照明弾を何千発と打ち上げ、日本の特攻隊にたいする万全の警戒体制をとった。

砲爆撃の目的は砲台や陣地を破壊するためである。日本軍を艦砲射撃で壊滅することができれば上陸部隊の被害が最小限度ですむ。兵を守るためにアメリカは砲弾をおしまなかった。猛烈な艦砲射撃と空襲で島が揺れに揺れた。もうもうとした砂塵で島が夕暮れのように暗くなった。

私は、これまでに体験したことのない轟音と地響きにおびえ、壕内で身をすくめ、じっとしていた。あまりのすごさに、米軍は島を占領するのではなく、島ごと海中に沈めにきたのか、と思った。

将校の間では、

「硫黄島は小さい島だし、米軍はここに飛行場をつくるために来るのだから、爆弾をしかけて、島を沈没させてしまったらどうか」

と話す者もいた。

しかし、日本にはそんなことをするだけの爆薬がない。あくまでも冗談でそんな話をしていた。私は壕内で身をちぢめたまま、米軍は将校たちが冗談で言ったことを本気でやろうとしているのではないか、と思った。

我々はものすごい爆撃と艦砲射撃を受けながら、暗い壕内で米軍が上陸するのをじっと待った。その間、島が破壊されると何度も思った。

外に出ると島の地形が全部変わっていて道がわからない。私が入っていた壕から歩いて十分くらいのところに南方空の本部壕がある。艦砲射撃が始まってから本部壕まで二、三度行ったがそのつど道にまよった。

そして本部壕で用事をすませ、外にでると今度はかえりの道がわからない。本部壕にいる数十分の間に、艦砲射撃によって地形が変わってしまったのである。それくらい米軍の砲撃はすごかった。

私は道にまようたびにあせった。外をウロウロしているといつ被弾するかわからない。周囲では艦砲射撃の砲弾が炸裂し、刻々と地形を変えている。

おおよその方向ですすむが防空壕の入口がどうしてもわからない。わずか数百メートル先の壕にかえるのに二時間くらいかかったこともあった。

道にまよった者は私だけではない。他の者も例外なく外に出ると方向を失った。

硫黄島では電話線をひき、有線で部隊間の連絡をとっていた。ところが、爆撃と艦砲射撃が始まると電話線が切れて通じなくなってしまった。そこで命令を伝達するために伝令が外を走った。しかし外に出た伝令が途中で死に、命令が伝わらないことが多かった。

また、海軍では主計科が握りめしをつくって各部隊に配る。その主計科の兵隊が途中で砲弾に当たって死んだため、めしが届かないこともあった。仮に無事であっても、その伝令や主計科の兵たちが道にまよい、任務を全《まっと》うするのに長い時間がかかることもめずらしくなかった。

むろん、まよっている間に被弾する者もいた。外に出て死ぬか生きるかは運であった。外にいる時間が長くなるほど死ぬ率が高くなる。道にまようことは、我々にとって死の危険をともなう大変な事態であった。

米軍の資料によると、米軍は空爆の際に上空から島の写真を撮った。数日後に行なう上陸作戦の時につかうためである。しかし、米軍の攻撃によって島のかたちが分刻みで変わるため、せっかく撮った写真はまったく役にたたなかったという。

米軍の攻撃によって島は変形した。島中、穴だらけになり、島に生えていた木もなくなってしまった。米艦隊の集中砲火を浴びた摺鉢山は、岩肌を剥きだしにされ、山頂が崩れ落ちた。空をおおうほどの大型機が来島し、空爆をくり返した。艦砲射撃は緻密に計算され、全島にまんべんなく砲弾の雨を降らせた。島内の一木一草まで吹き飛び、もともと平坦な島がいっそう真っ平らになってしまった。兵たちは暗い壕内で身も凍るような死の恐怖に連日さらされた。硫黄島の兵たちは戦死を覚悟していた。しかし人間の精神は、死の覚悟をいつまでも保ちつづけることができない。

爆音と震動と恐怖に耐えられない兵隊が出はじめ、それが連鎖反応を起こし、壕内で発狂する者が続出した。

これほどの猛爆を受けながら、日本軍の人的、物的な被害はきわめて少なかった。南方空の本部壕は深さ三十五メートル、延べ一キロ半くらいあった。その構造は堅牢であり、米軍の攻撃にも耐えた。

南方空の防空壕の構造は複雑で、出入口をあちこちにつくって偽装した。中には多数のドラム缶に水を入れてたくわえ、食糧も飛行機で木更津から運んできていたので豊富にあった。

他の部隊も同じように防空壕をつくり、食糧や水を持ち込んでいた。私が入っていた小隊壕も崩れることはなかった。米軍の艦砲射撃や空爆はすさまじかったが、すべての部隊が防空壕の中にいたため被害は受けなかった。

夜遅くなると砲撃がやむ。その代わり日本軍機による夜間攻撃を警戒し、数千発の照明弾を打ち上げた。島は、その照明弾によって、昼のように照らされた。

米軍上陸

昭和二十年二月十九日午前九時二分。

米軍の第一陣が南海岸に上陸を開始した。上陸部隊は約三万人である（米軍資料による）。

各部隊の壕に伝令が走った。

私たちの任務は、米軍が南方空の本部壕に接近した時に地上戦を行なうことであった。それが今日なのか。明日なのか。あるいは一週間後なのか。それはわからない。

米軍が接近したら防空壕から出てタコ壺に入る。そして近づいてくる米兵を狙撃し、手榴弾を投げる。

「迫りくる米軍を迎え撃つ」

といえばかっこよいが、我々が持っていた武器はわずかだった。小隊六十人の武器は、三八式小銃《さんぱちしき》が二十梃、手榴弾が一人二個、手榴弾を遠くに飛ばす擲弾筒《てきだんとう》が二梃である。海軍の武器不足は深刻で、あてがわれた武器は少なかった。

後の話になるが、我々が総攻撃にでた時、武器がないため竹やりを持たされた兵隊もいた。さすがにその兵隊は、「こんなもの役にたたない」と捨てていたが、海軍の武器事情はそれくらいひどいものだった。

陸軍はもう少し充実していたが、それでも一人一梃の三八式小銃と旧式の機関銃があるていどだった。三八式小銃は、明治三十八年につくられたライフル銃である。明治三十八年につくられたから三八式といった。

日露戦争が終結したのが明治三十八年九月五日であった。この銃はそのころつくられ、大正の時代を超えて使われていた。

アメリカの銃は引き金を引けばドンドン弾が飛ぶが、三八式はボルトアクション式である。撃つたびに手動で遊底（薬室に弾を送り込む部品）を前後させ、弾を送り込まなければならない。ガッチャン、パン、ガッチャン、パン、と一回撃つごとにレバー操作をしないと弾がでない。弾倉に入る弾の数は五発だった。

日本軍は日露戦争時代の銃で米軍の近代兵器に対抗しなければならない。しかも、その銃すら海軍には数人に一梃しかなかった。その他の者は、手榴弾を二個持っているだけなのである。

我が部隊は全滅が約束されていた。我々に与えられた作戦は、敵が攻めてきても突撃しない。後退もしない。その陣地で死ぬ――であった。

兵団が立てたこの作戦を実行する時をじっと待った。

私は防空壕の中で待機していたため米軍の上陸を見ていない。しかし、通信兵が傍受した情報を伝令が伝えてくれたので米軍の動きは把握していた。

これまでの日本軍であれば水際から攻撃をしてきた。しかし今回は艦砲射撃にたいしても抵抗はなかったし、上陸中も撃ってこない。

アメリカの部隊は無傷で次々と上陸した。南海岸は火山灰が堆積している。そのため砂浜よりもやわらかく、歩くと深く足をとられる。米軍の資料によれば、上陸はスムーズにいかず、海岸は大変な混雑となった。最初に約一万人の米軍が上陸した。

上陸した米兵は呆然とした。日本軍の攻撃がない。日本兵の姿も見えない。米兵には硫黄島が無人島に見えたにちがいない。とても二万人もの日本兵が潜んでいるとは

思わなかったであろう。米軍資料によると、

「日本軍は艦砲射撃によって全滅したのではないか」

そんなことを言った米兵も中にはいたようだ。

敵を完全に上陸させてから一斉攻撃をする。これまでの水際撃滅作戦を捨て、米軍が上陸するまでじっと待つ。そして米軍が上陸地点で密集した時に総攻撃をかける。

ペリリュー島で行なわれた戦術を参考にし、硫黄島の兵団が考えた作戦である。遮蔽物《しゃへいぶつ》のない平べったい地形。水際に隆起する摺鉢山。島の中央部にある高台。こういった特殊な地形がこの作戦を可能にした。この作戦は見事に当たった。

一斉攻撃

昭和二十年二月十九日午前十時半ごろ。

日本軍が一斉に発砲した。

陸軍の臼砲隊、砲兵隊の砲と海軍の高角砲が南海岸の米軍に向かって集中砲火をあびせた。日本軍が米軍にダメージを与えるのはこの時しかない。それを知っている兵たちは狂ったように撃った。

米軍はパニックに陥った。砂浜にうずくまって動けなくなった。そこに日本軍は撃

てるだけの砲弾を撃ち込んだ。米軍はおびただしい損害を受け、死傷者が多数でた。米軍資料によると、初日に上陸した米軍は三万人以上で、夕方までに受けた損害は、「死者約五百五十人。負傷者約二千人」であったと広報している。

しかし、米軍の対応も迅速だった。日本の大砲の位置を特定し、艦砲射撃で応戦した。日本の砲弾が上陸地点の米軍に損害を与える一方、日本の砲台は次々と破壊された。

以下、後の資料を参考に戦況を整理する。

二月十九日夕方。

米軍の最初の目標は摺鉢山であった。ここには約二千人の日本軍がいた。摺鉢山と南海岸の間にいくつかのトーチカがある。そこに日本兵が機関銃や小銃を構えて潜んでいた。

米軍の上陸部隊は、日本軍の砲弾が降りそそぐ中を前進し、トーチカを一つ一つつぶしながら摺鉢山に向かった。

摺鉢山の砲台は艦砲射撃の集中砲火を浴びて初日の夕方には壊滅した。日本の砲撃による一斉砲撃は、弱まりながらも三日間続いたと思われる。米軍が上陸後、日本軍は必死に抵抗した。しかし米軍の進行は着実だった。


二月二十日。

上陸二日目に第一飛行場（千鳥飛行場）を占領。


二月二十一日。

上陸三日目には摺鉢山を包囲。

私は、日本の攻撃によって米軍にまとまった損害を与えたのは、十九日から二十一日までの三日間だったと考えている。


二月二十二日。

上陸四日目には摺鉢山の頂上に星条旗を立てた。

米軍の上陸部隊は、摺鉢山と元山飛行場（第二飛行場）方面に分かれて進んだ。

元山飛行場に向かった米軍は、二十二日に船見台地区を占領した。

二月二十三日。

戦車と砲兵に支援された歩兵部隊が元山飛行場に向かった。

第二飛行場（元山飛行場）の脇に小さな山がある。この山の形が二段になっていたため二段岩と名付けられていた。滑走路を見下ろすように立っているこの山に多数の日本の砲台があった。第二飛行場を安全に使うためにはこの二段岩を占領しなければならない。この場所で、激しい地上戦が行なわれた。

二月二十七日ごろ。

二段岩付近の日本軍が壊滅。

米軍は上陸後、九日目で元山飛行場（第二飛行場）も占領した。

これで島の三分の二を占領したことになる。二つの飛行場が米軍のものになった。

あとは伯田隊と西戦車隊がいる東地区と栗林兵団がある北地区だけである。

たまたま米軍の進路からはずれたため玉名山地区の千田旅団と南方空の部隊も生き残っていた。

三月四日。

B29が硫黄島に着陸。

三月五日。
米軍は一斉休養。

主な戦闘経過は以上である。

第四章　秘密兵器

損害の比較

日本軍による一斉攻撃で相当の米兵が死んだ。しかしその後の地上戦で日本軍が米軍に与えた損害は少なかったように思う。

米軍の資料をもとに日米の損害を比較してみると、硫黄島は、米軍がこれまで世界で行なってきた戦争で、唯一、敵の戦傷死者数より自軍の戦傷死者数が多かった戦いとなった。たしかに日本軍はよく戦った。上陸時の一斉砲撃だけではなく、その後の地上戦でも各部隊が必死に応戦した。特に二段岩、玉名山、大阪山、田原坂付近で日本軍が善戦した。

しかし、これまでくりかえし言ってきたように、日本兵は陣地構築の段階で消耗し、

硫黄島戦　日米損傷比較

	戦死者	戦傷者	合　計
日本軍	20129人	1023人	21149人
米　軍	6821人	21865人	28686人

米軍の資料によると、「硫黄島は、米軍の歴史を通じて、最も凄惨かつ損害の大きかった戦いの舞台となった。そしてこれまで世界で行なってきた戦争で、敵の戦死傷者数より、自軍の戦死傷者数が多かった唯一の戦いとなった」と書かれている。

立っているのがやっとの状態だった。しかも武器もない。武器があっても弾がない。持っている武器も旧式であった。

とても二万八千人以上もの米兵を死傷させるほどの力があったとは私には思えないのである。

私は、地上戦で死んだ米兵の相当数が同士撃ちによって死んだのではないかと考えている。

硫黄島は三角形の小さな島である。幅は最大で四キロ、長さは八キロしかない。その狭い場所に数万人の兵がゴチャゴチャになって戦った。それこそ前後左右に日本と米国の兵が入り乱れた。

地上戦が始まると艦砲射撃や空爆がなくなった。味方に当たってしまうためである。艦砲射撃や爆撃がめっきり少なくなったのは四、五日目ぐらいからだろう。

地上戦は五、六十メートル、場合によっては二、三十メートルの至近距離で撃ち合った。ものすごい接近戦である。双方ともかなりの誤射があったはずだ。特に米兵は、「危ない」と思うと自動小銃や機関銃を乱射した。味方に当たらないわけがない。

もちろん、具体的な数字は私にはわからないが、同士撃ちによる死者数は相当な数に達したのではないだろうか。

とはいっても、同士撃ちによる死傷者数が、日米の数字を逆転するほど大きなものだったとも思えない。

爆弾噴進砲の開発

私は、米兵が大量に死傷したのは、海軍がつくった爆弾ロケット砲が当たったからだと思っている。オモチャのような海軍のこの武器が米軍に大損害を与えた。米軍は見たことのないこの武器におどろき、「日本の新兵器だ」といって大騒ぎをした。

このロケット砲は、海軍の第二航空技術廠派遣隊（以下「空技廠《くうぎしょう》」）が開発した。航空隊もこの開発に協力することになり、五、六十人の兵隊が開発チームに入った。私は開発を支援する担当将校になった。

この「新兵器」をつくることになったきっかけは、将校たちの思いつきであった。

昭和二十年に入ると米軍による空襲が頻繁になり、日本の爆撃機が硫黄島に近づくことができなくなった。そのため、空襲用の爆弾が大量に残った。爆弾は六十キロと二百五十キロの二種類であった。爆弾の管理は航空隊が行なっていた。私は飛行機の整備担当で爆弾の担当ではなかったから具体的な数字はわからないが、両方合わせて百発以上残っていたと思う。

海軍は地上戦の武器が不足していた。将校たちは、この爆弾を何かに使えないだろうかと考えた。そして、新兵器の開発を空技廠が行なうことになった。

空技廠とは、企業から技術屋を吸い上げてつくった「兵器開発部隊」である。三分の二が企業（三菱や中島飛行機）から召集された民間人で構成されていた。兵隊も三分の一ほどいたが、実際に兵器の開発や難しい修理などを行なうのは、民間の技術者たちであった。硫黄島には空技廠から十数人の技術者が派遣され、エンジンなどの難しい修理を担当していた。当時、「秋水」というロケット機をつくったのもこの空技廠である。

空技廠は空襲用の爆弾を利用してロケット砲をつくる計画を立てた。このロケット砲は「爆弾噴進砲」と名付けられた。それが確か昭和二十年一月初めごろだったと思う。

ロケットを空襲用の爆弾に取り付けて敵の陣地まで飛ばそうというのだ。

当時、陸軍にも噴進砲というものがあった。噴進砲は発射地点を特定されないため米軍の艦砲射撃を受けない。米軍が上陸してきた時に陸軍はこの噴進砲を発射したようだ。

陸軍の噴進砲は、まずロケットをつくる。そのロケットに火薬を詰めて飛ばす。ロケットに火薬を詰め込むタイプのため、中に入る火薬の量に限りがある。どの程度の威力があったかはわからないが、少なくとも米軍がおどろくような武器ではない。

海軍のロケット砲はそれとはちがう。大型爆弾に、ロケットをつけて飛ばそうというのだ。飛ばそうとする爆弾は六十キロと二百五十キロであった。いずれも空襲に使われる爆弾である。

二百五十キロは、一式陸攻が米軍の基地を攻撃する際に使用し、またB29が日本本土に落とした爆弾でもある。東京大空襲を始め、その威力のすさまじさは幾多の記録に残っている。

この二百五十キロ爆弾が地上で爆発すれば深さ三メートル、直径約十メートルの穴があく。爆風もすごい。その威力は半径二百メートル以上に及ぶ。密集地帯に落ちれば、一発で数百人の人間を殺傷する威力がある。

空技廠が研究を開始し、航空隊が協力した。航空隊にある工作科も一緒になってつくったようだ。発射台やロケット製作のために必要な材料は輸送機で内地からとりよせた。研究そのものは空技廠の技術将校たちが行なう。

しかし、爆弾や発射台の搬送など、開発や実験には兵隊の力が必要となる。その当時、開発を担当していた技術将校には兵隊にたいする命令権がないため、実際に兵を動かすには兵科の将校が必要であった。

そこで、その将校に、同期の兼古が指名された。私はそれを聞いて、「ああそうか、それは仕事が増えて大変だな」とからかいながら声をかけた。

ところが、突然、その兼古が内地に転勤することになったため、急遽、私がその後を引き継ぐことになった。私は乗り気ではなかった。偉い人の思いつきで余計な仕事が増えたのも迷惑だった。

二百五十キロ爆弾は一式陸攻でも四発しか積めない大型爆弾である。四発の爆弾を敵地に落とすために、爆弾の搭載、燃料の補給、飛行機の整備など大変な苦労をしてきた。その爆弾を飛行機なしで飛ばすという。その話を聞いて、私は失笑した。

「爆弾が自分で飛ぶなら飛行機はいらないじゃないか」

「そんな便利なものができるのであれば、アメリカがとうにつくっているはずだ」

「アメリカがつくれないものが日本につくれるはずがない」

しかも硫黄島にはロクな工作機械もない。材料も十分ではない。

「できっこない」

そう決めつけていた。

実験

昭和二十年一月初めに「試作品ができた」と連絡が入った。それを聞いて私は、「本当につくったのか」とおどろいた。

実験の日が決まり、海軍の将校や兵たちが西海岸に集まった。私は兵隊を指揮し、トラックで爆弾を運んだ。試射する爆弾は本物である。まちがって爆発したら全滅しかねない。

兵隊が発射台をセットした。次にチェーンブロックで爆弾をつり上げ、V字の発射台の上にそろりと置いた。爆弾噴進砲は、二百五十キロ爆弾の尻部に推進薬が詰まった筒がとりつけてあった。

実験の指揮は空技廠の技術将校が行なう。開発の責任者は、同期の森下少尉だった。我々は爆弾を乗せる作業が終わると急いで現場から離れた。あとは遠くから見ているだけだった。実験には大変な危険をともなう。いつ、どんなかたちで爆発するかわからない。私は何かあったら真っ先に逃げるつもりでいた。

我々が運んだ発射台は長い板をV字形にしたものが一個。それをささえる三脚が一個であった。三脚の高さは私の身長よりも高かったが、それでも二メートルまではなかったように思う。

記憶が定かではないが、板の長さは五メートル前後だったと私は思う。一枚の板の幅は約五十センチくらいだったろうか。金属でできていたように思う。そのV字の板を海に向かって斜めにする。それを下から三脚でささえる。大きな雨樋にカメラの三脚をつけたようなものである。誰でもつくれそうな粗末な構造であった。

その雨樋が四十五度の角度で海に向かってセットされた。二百五十キロ爆弾の後ろに噴射装置のようなものがついている。噴射装置に羽根はついていなかった。

「オモチャのようだ」

と思った記憶がある。くわしい構造はわからない。残念ながら形も色もおぼえていない。

二百人くらいの将兵が遠巻きに見ている中、実験が始まった。

兵隊がスイッチを入れて急いで離れた。二百五十キロ爆弾をその場に置いたまま点火するなど普通では考えられない。スイッチを入れた兵隊も恐ろしかっただろう。ころびそうになりながら爆弾から離れた。

大勢の将兵が固唾をのんで見守る中、ゴゴゴゴゴと音をたてながら二百五十キロ爆弾が噴射し始めた。爆弾は身震いしながら前進を始め、発射台の上を加速しながら飛びだした。

「おおお」

見ている者たちから歓声があがった。

その後、爆弾はヨタヨタ、ヨロヨロと目に見える速さで飛び、空中で身もだえるような動きをしながら三百メートルくらい先の海面にボチャンと落ちた。水煙があがったが爆発はしなかった。

兵たちはみなうつむいた。将校たちがいる手前、笑うわけにはいかない。肩が揺れている。とても使い物にならない。これがみんなの感想だった。どだい無理なのだ。

私もそう思った。以後、完全に興味を失った。

飛距離
あんなものは絶対に役に立たないと私は思っていた。しかし技術者たちはあきらめなかった。

みてくれはどうでもいい。ようは爆弾を敵の陣地に落とせばいいのである。そのためには最低限の飛距離があればいい。

航空隊の陣地と空技廠の陣地は近かった。空技廠の陣地は南波止場のすぐ上にあり、航空隊の陣地は玉名山にあった。爆弾噴進砲が完成すれば空技廠と航空隊が発射部隊となる。

米軍は南海岸から上陸すると予想されていた。航空隊の陣地から南海岸まで約千二百メートルから千三百メートルしかない。この距離さえ飛べば武器として使える。

空技廠の陣地はさらに近く、南海岸まで三百メートルくらいしかない。上陸してきた米軍を高台から見下ろすような位置にある。飛距離の問題は噴出力と角度の調整で解決できる。技術的には可能だが、問題は米軍の上陸にまにあうかどうかである。

その後も改良をつづけ、千鳥海岸で実験をくりかえし、実験の度に記録を更新した。そしてついに飛距離を千五百メートルまでのばした。それが二月の初めだった。

米軍が上陸する直前に海軍の爆弾噴進砲が完成した。大型爆弾にロケットをつけて地上から飛ばして爆発させる。実験の結果、四十五度にした場合に最長二千メートルまで飛ぶことがわかった。

ただし、照準を合わせることはできないから命中精度はきわめて悪い。とにかく気の向くまま思い思いの方向に飛んでいき、どこにどういくのかまったく予測できない。実験も何度か見たが、そのつどその無軌道ぶりにおどろいた。

飛ばせば当たるかもしれない。どうせ爆弾は余っているのだから飛ばしてみよう。その程度の武器だった。

私は、爆弾噴進砲ができてからも、そんなオモチャのようなものが役にたつはずがないと思っていた。これは他の将校たちもそう思っていたようだ。空技廠の要望どおり、爆弾を搬送したり実験に立ち会ったりしたが、関心はなかった。

近代兵器が揃う米軍にたいし、今さらそんなものを飛ばして何になるのか、と思っていた。

疲れていたこともあり、実験の時も遠巻きに見て、上の空だった。そのため、どのような構造だったのかまったくおぼえていない。なんか一生懸命つくって飛ばしているなあ、というくらいの関心だった。

ところがこの爆弾噴進砲が完成したために私はとんでもない目にあった。

先に地雷を掘り返しにいった話をしたが、あの爆弾回収はこの爆弾噴進砲に使うためだったのである。その時はわからなかったが、あとで将校から聞いてそれを知った。

米軍上陸に備えて発射準備をしている途中、六十キロ爆弾が足らなくなったため、私の小隊に取りに行かせたのであった。

高台にある砲台は撃つとすぐに艦砲射撃をあびた。一発撃てば、場所が特定され、何千発という砲弾が飛んできた。現に、摺鉢山の砲台など数時間でつぶされてしまった。

海軍新兵器

それにたいして海軍の爆弾噴進砲は発射地点を特定されることはない。発射台の構造も簡単なものである。

幅約五十センチ、長さ約五メートルの板を二枚用意する。それでV字形の樋をつくる。その中間にカメラでつかう三脚のような足をつける。V字の上に爆弾をのせ、後ろにロケットをつけて飛ばす。どう見てもオモチャのような装置であった。

手軽に持ち運びができるため、撃ち終わったらすぐ壕内に入れることができた。だから発射しても敵の標的にならなかった。

爆弾噴進砲は、六十キロ用を五、六砲、二百五十キロ用は三、四砲くらいつくったのではないか。正確な数字はわからない。

航空隊の中から五、六十人でロケット発射部隊をつくった。部隊はいくつかの陣地に振り分けられた。爆弾噴進砲は、夜、米軍が密集隊形をつくった時に発射した。敵の寝込みに大型爆弾を落とす。当たるかどうかは発射してみなければわからない。

私は防空壕の中にいたのでわからないが、私の感覚では、発射したのは二月十九日の夜、二十日の夜、二十一日の夜、の三日間だったと思う。あるいは二十二日の夜も撃ったかどうか。

とにかく米軍が上陸した夜に一番多く撃ったのは間違いない。五日目以降は米軍の上陸部隊が接近したため使用できなかったはずだ。

なにしろ命中精度がないにひとしい兵器である。味方と米軍が接近した状況で発射すれば味方のど真ん中に落ちかねない。地上戦が始まってからは発射できなかったはずだ。

米軍の陣地には近づけないため、発射した後に着弾を確認しにいくことはできない。結局、発射しっぱなしの武器になった。

ロケットはスイッチ式だった。スイッチを入れると下から火を噴きながら空にあがり、不規則な放物線をえがいて飛んでいく。

私は発射実験の時にロケットが飛んでいく様子を二、三回見た。その様子は実に頼りないものだった。種子島のロケットが目に見えるように、このロケット砲も肉眼で見えた。飛んでいくのが肉眼で見える近代兵器など聞いたことがない。

発射台の角度は四十五度である。この四十五度という角度は、後ろから見ると垂直に立っているように見える。そこに爆弾を置いて発射すると、まっすぐ上に向かって飛び、やがて自分のほうに落ちてくるような恐怖を感じた。

弾道がこれほどいいかげんな兵器は世界にも例がないだろう。

しかし、二百五十キロ爆弾は当時では原子爆弾以外では最も威力がある爆弾である。たしかにこれが当たればすさまじい威力を発揮するのはまちがいがない。しかし、

「当たらない」

と発射を担当した兵たちもそう言っていた。

こんなものが近代兵器を揃える米軍に通用するはずがないと誰もがそう思っていた。ましてやこれが「新兵器」だと思っている者は一人もいなかった。みんな、物好きがつくったオモチャ、ぐらいに思っていた。

大損害

ところが、このオモチャが米軍に大損害を与えた。これは米軍どころか兵団の将校たちも知らない事実である。この事実に気づいた者がはたして何人いただろうか。

今、生きて、このことを知っているのは、おそらく私だけだろう。


米軍は夜は密集隊形をとった。日本軍が得意とする斬り込みを恐れたからである。戦車やトラックで兵を囲い、機銃陣地を設けて、夜襲に備えた。浜辺に密集した米軍は三万人以上であった。艦船から打ち上げられる照明弾の灯りと固い守りの中、三万人以上の米兵が身を横たえた。

米兵が休憩の時間に入ったのはだいたい七時か八時ごろだと思う。そこへ突如、巨大な火の玉が降ってきた。真っ赤に燃える火の玉が、轟音とともに、目で追うことのできる速さで、空から降り始めた。

米軍は度肝を抜かれた。次の瞬間、無数の弾片と強烈な爆風に、密集していた米兵たちはバタバタと死傷した。米軍は恐慌状態に陥った。空襲と同じ惨状である。夜空を見上げても飛行機の姿はない。爆弾だけが降ってきている。

米軍の資料によれば、その損害はすさまじかった。体が真っ二つに折れ、首や手足が飛んだ死体がいたるところに散乱した。爆風でズタズタに切り刻まれ、手足は胴体より数メートル先にバラバラに散乱した。

米軍はたまらず助けを呼んだ。

二月十九日と二十日の深夜。米軍は無線でサイパンやテニヤンの基地に平文《ひらぶん》で打った。

平文とは、英語の普通文で電報を打つことをいう。通常は、敵に解読されないように暗号文を使う。しかし予測していなかった非常事態に陥ったため、暗号文をつくっている暇はなかった。米軍は日本軍に読まれることを承知のうえで英語で助けを呼んだ。

その無線が兵団や南方空の電信室に入った。それを通信兵が訳し、伝令が各部隊に伝えた。

米軍が上陸した次の日に、私がいた防空壕に伝令が無線の内容を報告にきた。敵に損害を与えた場合、味方の士気を鼓舞するために伝令が各部隊を回って伝えるのである。

その時は、米軍の平文電報の内容が伝達された。そして、私はその時に、米軍が大損害を受けていることを初めて知った。その内容は、

「米軍は、ものすごい損害をこうむっている」

「グアム、サイパン、ペリリューで遭遇したことのない攻撃を受けている」

「ものすごい死傷者がでている。病院船を至急派遣してくれ」

「真っ赤な火の玉が空から飛んでくる」

「日本軍は、今まで経験したことのない新兵器を使っている」

　というものだった。


　我々は玉名山の防空壕に入っていた。私は米軍の損害があの爆弾噴進砲によるものだとは思わず、「いったいどんな新兵器が使われているのだろうか」と首をひねっていた。

　そもそも爆弾噴進砲のことなどとうに忘れていた。伝令から無線の内容を聞いた後、私が南方空の本部壕に用事があって行ったところ、

「アメリカが日本の新兵器によって大損害を受けているらしい」

　と将校たちが話していた。

　しかし日本軍がどんな攻撃をしているのか将校たちもまったくわかっていない。いったいどこの部隊がどんな新兵器をだしているのだろうか、陸軍が開発した新兵器があるのではないか、と首をひねっていた。

誰も、海軍がつくったあのロケット砲が、米軍をパニックにおとしいれているとは思わなかった。自分たちが発射しておきながらそれが大損害を与えていることに気づかない。そんな状態になっていた。

尋問

以下は後日の話である。

硫黄島戦が終わった後も米軍は日本の新兵器を探した。しかし島内のどこにも、そんな兵器はなかった。私が米軍の探している武器があのオモチャのことだと気がついたのは、捕虜になってからである。

グアムの収容所で米兵が日本の兵にたいし、

「ロケットのことだ。知っているだろう」

「火の玉を発し、目に見える速さで飛ぶ。あれはなんだ」

と順番に聞いている。しかしみな、

「知らない」

と首を振る。

先にも書いたが、陸軍に噴進砲があった。しかしそれは米軍がおどろくような兵器ではない。

アメリカにはジープの後部座席から次々と発射できるロケット砲があった。それにくらべると陸軍のロケット砲はちゃちで、米軍が目の色を変えて探すようなものではない。

日本語のできる米兵が捕虜になった日本兵にくりかえし質問している。私の順番はまだこない。

米軍は日本の新兵器で大変な損害を受けたようだ。それをまた使われたらとんでもないことになる。対策を立てるうえでもその正体を明らかにしなければならない。そんな切迫感が米兵にただよっていた。

「ものすごい威力のあるロケット砲を知っているか」

「火の玉を出しながら飛び、地上で大爆発をするやつだ。教えてくれ」

私は他の日本人が盛んに質問されているのをぼんやり聞いていた。

新兵器……、真っ赤な火の玉……、大爆発……。

「ん、まてよ」

ふと、私の頭にあの日の米軍の電報が浮かんだ。

「もしかしたら、あれのことかな」

と、その時、初めて気がついた。海軍がつくった爆弾噴進砲はゆっくり飛ぶ。夜に飛ばすとロケット本体は見えず、噴射する火だけが見える。それが火の玉に見えたのではないか。

上陸地点に一斉射撃をした時の大砲や高角砲は砲弾である。砲弾は鉄の塊である。それにたいし海軍が飛ばしたロケットは爆弾である。しかも大型爆弾であった。地上に落ちれば大爆発をする。密集しているところに落ちれば空襲と同じ状態になる。殺傷力は砲弾の比ではない。

二月十九日から南海岸に三万人以上の米兵が密集した。そこに二百五十キロ爆弾が五、六発も落ちれば、それはもう千人や二千人の死傷者数ではすまない。

また、空技廠の陣地は米軍の上陸地点からわずか三百メートル先の高台にある。そこから爆弾噴進砲を発射すれば、相当の命中率になるだろう。

しかも発射装置は雨樋のようなものをつかったため、防空壕の中に入れておけば発射装置だとは誰も思わない。だから米軍はわからなかったのだ。

私は確信した。点と点がつながって、とんでもない事実が明らかになった。そんな感じだった。私の順番が回ってきた。米兵が同じ質問をしてきた。

「あなたたちが探している新兵器とは、もしかしたら海軍のロケット砲のことではないか」

「ロケット砲は空技廠と航空隊が三、四ヵ月かかってつくった」

「それを夜、南海岸に向かって発射した」

「それが何発か当たって米軍に大損害を与えたのだろう」

と私は説明した。

しかし米兵は首をひねっている。空襲用の爆弾を飛ばした、ということが理解できないようだった。私は自分の知っていることを説明した。しかしそれを裏付けるものがない。結局、信じられないまま、新兵器は謎とされた。


こういった事実を米軍は発表していない。また、私が見るかぎり、どの資料にものっていない。戦果についてはわからない。何発つくったのか、何発飛ばしたのか。これもわからない。

根拠はないが、私の感覚として、米軍上陸から三日か四日間で、六十キロの爆弾噴進砲は約五十から六十発くらい、二百五十キロの爆弾噴進砲は二十発から四十発くらい発射したのではないかと思っている。

そして、そのうちの何発かが命中した。

どれくらいの損害が発生したかはわからない。しかし、海軍の爆弾噴進砲がなければ、米軍の死傷者数が日本軍の死者を上回ることはなかった。これはまちがいないと思う。

これも感覚的なものであるが、米軍の死者の半分以上がこの爆弾噴進砲で死んだのではないか。米軍の死傷者も半分以上が海軍がつくった爆弾噴進砲によって死傷した。私はそう見ている。

米軍は、硫黄島を空爆した時、グアムやテニヤンで手に入れた日本の爆弾を使用している。私が見たわけではないが、空港に落ちていた破片の中に日本語が書かれているものがあったと兵隊がいっていた。

これは日本の砲弾の火薬が強く、しかも不発弾が少ないからである。米軍は粗製濫造していたのではないだろうか。今考えてみると、空港に空襲を受けていた時も、不発弾が多かったように思う。

だから使える日本製爆弾が手に入った場合には優先的に使ったのかもしれない。特に、日本の火薬は優秀だった。破壊力、殺傷能力ともに世界水準を超えていた。日本の六十キロや二百五十キロ爆弾は、どこの国のものよりも強力であった。

その爆弾が米軍の密集地帯に落ちたのである。その損害の大きさは想像をはるかに超えるものだと思われる。

第五章　地上戦

総攻撃

昭和二十年三月七日。

米軍の地上部隊が南方空の本部壕に迫った。

外に出ると人間の肉が燃える異臭と硝煙が島全体に漂っていた。米軍の火炎放射器によって日本兵が焼かれ、その臭いが火薬の臭いと混ざってあたりに満ちている。

同日二十時零分。

南方空の本部壕から伝令がきて、

「明日、八日、十八時零分、総攻撃を行なう」

という命令を受けた。南方空の司令官、井上大佐から出された「総攻撃」の命令であった。攻撃目標は、摺鉢山であった。

硫黄島にくるまで「総攻撃」とは、どこか指定の場所に全員集結して、司令官以下全員が一斉に攻撃するものだと思っていた。それによって有終の美をかざる。当然、自分も戦場に行ったら最後はそういう死に方をするのだろうと思っていた。しかし、実際に体験してみるとそれがまったくちがうことがわかった。

硫黄島の兵たちは防空壕の上にタコ壺を掘って陣地にした。作戦も何もない。敵がきたらその場所で戦う。一歩も動かない。それが我々に与えられた命令だった。

ところがいざ地上戦が始まってみると、圧倒的な火力で粉砕された。本部との連絡も寸断され、陣地は順番につぶされていき、またたく間に南方空は孤立した。

そこで出されたのが「総攻撃」の命令であった。

命令は「大阪山と千鳥集落を通過し、第一飛行場を突破して摺鉢山に突撃せよ」という内容だった。これは「移動している間に適当に死ぬだろう」ということを期待した、きわめて無責任な命令であった。

「総攻撃」とは何か。総攻撃の命令を下すということは、言い替えると、「これ以降、お前たちの指揮はできない」と言っているのである。これは、指揮権の放棄を意味する。これはどこの戦地でも同じであったろう。

南方の島々でも無数の総攻撃が敢行された。その時、部隊はバラバラになっていたはずである。伝令もきかない。部隊が一緒に前進などできない。ましてや隊長以下がまとまって総攻撃をするなど絶対にできない状況だった。

これは、栗林兵団の最後も同じである。

当時もそうだったが、今でも、

「硫黄島戦で最後に栗林中将が先頭に立って敵陣に斬り込んだ」

というストーリーを信じている人が多い。しかし、そんなことがありえるはずがない。

部隊が出動する場合には、まず、将校斥候が命令され、将校と下士官が四、五名で外に出る。その情報をもとに最初の小隊が外に出て、小隊斥候になる。

外に出た小隊は伝令を走らせ、外の情報を次の小隊に伝え

井上大佐から出された「総攻撃」の命令

大阪山を二十時零分に通過。

二十二時零分千鳥集落を通過。

船見台（千鳥飛行場の指揮所）に二十四時零分到着。

第一飛行場を突破し突撃せよ。

る。それを順番にくりかえしながら小隊が次々とでる。一つの部隊が全部出るまでに三、四十分はかかる。そして最後に本隊（最高責任者）が出動する。

これが陸軍の常識だった。歩兵操典にもそう書いてある。後でふれるが、海軍にはこの常識がない。だから各部隊が一緒に出てしまった。そして第一関門の手前で大勢の兵隊が一緒になって収拾がつかなくなった。

兵団は陸軍のプロである。そのプロ集団が指揮官を先頭にして地上戦を行なうなどありえない。

私は戦車隊の部隊移動も経験したが、その時も西中佐は部隊の一番後ろにいた。栗林中将もそうだったはずである。

資料によると、兵団は、三月十七日に大本営に電報を打ち、総攻撃に出ている。どの戦地においても最後はこういう文を大本営あてに送っていた。

この電報は参謀が打つ。栗林中将が自分で打つわけではない。電報の内容は軍によって広報され、ラジオや新聞で、あたかも日本軍が善戦しているかのように報道された。そして誰もがその「総攻撃」を悲壮で勇ましいものだと思った。

しかし総攻撃の実態はまったくちがう。日本軍が最後に行なう総攻撃とは、

「もう指揮はとれないから各人勝手にしてくれ」

という指揮権の放棄にほかならない。しかし、そうは言えないからもっともらしい文章をつくった。日本独特の言葉のすり替えである。こういった慣習が事実をゆがめてきたのである。勇壮な話や涙を誘うような美談を信じてはならない。

栗林中将の総攻撃は、もうこれ以上どうしようもなくなり、周囲にいた何百人かを連れて死に場所を求めて歩いたのである。決して勇ましいものではなかった。栄光に輝く名誉の戦死とは、どれも実際にはこういうものであった。

出撃

硫黄島では「総攻撃」はやらないという鉄則だった。そういう覚悟でいるところに総攻撃の命令が下った。みんな、

「おかしいじゃないか。本当に総攻撃の命令なのか」

と騒いだ。

後で知ったことだが、総攻撃の命令は、南方空と旅団司令部が兵団の了解なしに独断専行したものであった。

そして「総攻撃」の日をいつにするかで議論したらしい。最初は、

「三月の十日ではどうか」

という案がでた。三月十日は陸軍記念日である。陸軍記念日とは、日露戦争の時に陸軍がロシア軍に勝利をおさめた日である。

それにたいし、

「八日ではどうか」

という意見が海軍からでた。昭和十六年十二月八日に海軍が真珠湾攻撃をした。海軍では、毎月八日を「大詔奉戴日《たいしょうほうたいび》」と名付けて記念日としていた。

「総攻撃」を八日にするか十日にするかで議論され、結局、「十日までもたないだろう」という結論に達し、陸軍の旅団司令部と海軍の航空隊本部が「八日の日に総攻撃する」という命令をだした。

三月八日午後六時。ろうそくに火を付け、爆風で揺らぐ火光の下で、私は、

「携行食として、水筒のほかに乾パンと鰹節一本を携行、硫黄島神社を通過、西海岸へ向かい、鶯集落を通過し、第一飛行場を通過、摺針山に向かう。合言葉は『決死』『敢闘』である」

と教え、最後に、

「眼をつむって、親兄妹に別れの挨拶をしろ」

と言って、しばらく黙禱をした。

そして、私の中隊は命令どおり出発した。

中隊の指揮官は合志《ごうし》中尉だった。ところが出発して二百メートルほど進んだ時に、いきなり迫撃砲の集中砲撃を受けた。そして最後の一発が合志中尉の足に当たり、中尉が動けなくなってしまった。

中尉は第一小隊長である私に「命令どおり進め」と命じたため、私は中尉をその場に置いて前に進んだ。その後、私は兵隊約六十人の先頭に立った。しかし私にとって初めての戦闘参加だったのでなにしろ要領が悪かった。

すでにあたりは薄暗い。硝煙と戦死者の臭いが鼻をついた。

照明弾が上がってパッと明るくなるとパッと伏せる。日本兵の姿が見えると付近にいる米軍から集中攻撃を受ける。照明弾が上がって地面が照らされると地面のくぼみに伏せねばならない。

先頭の私が伏せるのを合図に後ろの六十人も伏せる。ところが私の要領が悪かったために後尾の「伏せ」がどうしても遅くなる。タイミングがずれ、後の者が照明弾が上がったときに顔をあげ、消えるころに伏せるようなことがたびたびあった。

六十人の兵隊が一列になって頭を上げたり下げたりしながら進んだ。尺取り虫のようで滑稽であるが、我々は必死だった。みな、衰弱した体をひきずるようにして無言で歩いた。

時おり、米軍の迫撃砲や機関銃の音が耳をつんざく。日本兵が攻撃されている音だ。私は地上戦の指揮官として、無能ぶりをいかんなく発揮した。進むうちに列はまのびし、前後の距離が広がり、部隊は自然にバラバラになっていった。後ろを振り向いてもいったい何人の兵がついてきているのかまったくわからない。部下の掌握などとても不可能な状態になった。

我々は人数を減らしながらとにかく前に進んだ。そして、玉名山から七、八百メートル進んだところで強力な米軍と出会った。

六十人いた部隊も衰弱や負傷で歩けなくなって落伍したり、米軍の機銃陣地から撃たれて死んだりして人数が減り、その時には二十人くらいになっていた。ところが、おどろいたことに、米軍と遭遇した地点（硫黄島神社付近）には、総攻撃の命令を受けて防空壕からでてきた他の海軍の部隊が七、八百人いたのである。

各隊に下された命令の第一関門が同じ地域であったため、海軍の兵が集まってしまったのである。部隊移動の訓練を受けた陸軍ではありえない失態であった。

周辺の地形は米軍の艦砲射撃や空爆などで凸凹である。兵たちはくぼみや岩陰に身を隠してじっとしていた。動けば発見されて殺される。我々は動けなくなった。しかもほとんどの部隊がここにくるまでの間に指揮官を失っていた。

戦闘経験がないために判断力がない。武器を持たないために戦闘力もない。「中隊長がいない」「小隊長がいない」と、兵たちは岩陰に伏せたまま、二時間くらいガタガタと騒いでいた。

やがて米軍の攻撃がやんだ。自分の陣地にかえったのだろう。静かさが不気味である。

「これからどうしよう」

私は考えた。元の壕にかえろうかと思ったが、「総攻撃」の命令が出ている以上、自分が出てきた防空壕にかえるわけにはいかない。しかたなく前進をつづけることにした。

とはいっても方向がまったくわからない。かといって高い岩の上に立って摺鉢山を探すわけにもいかない。私は付近に残っている自分の小隊員を集めた。幽鬼のようになった者たちが約三、四十人集まった。

孤島に突然連れてこられて、ろくな武器もないまま戦わされた。その上、これからどうするといったあてもなく、私のような素人の将校に頼らざるをえない。この兵たちが哀れであった。

しかしなんの経験もないまま、この者たちを指揮しなければならない私も悲壮であった。周囲では、約三百人の他の部隊の兵がオロオロウロウロしていた。海軍の総攻撃部隊は、第一関門にいたる途中で早くも「烏合の衆」になっていた。

私もどうしていいのかわからない。そのうち、二百人の兵たちはバラバラになって歩きはじめた。どうやら摺鉢山に向かうつもりらしい。はたして進む方向に摺鉢山があるのだろうか。それもわからないまま私たちも他の者が歩く方向に向かって歩きだした。

西戦車隊

昭和二十年三月九日。

地形が変わって道がわからない。岩を乗り越え、くぼみを進んでいるうちに、どういう経路を通ったかもわからなくなった。

そこで偶然にも西戦車隊の防空壕前に着いた。戦車隊もびっくりしたようだ。米軍がくるのを今か今かと待ちうけている時に、次から次へと南方空の兵が集まり、二百人もの海軍の兵がウロウロしているのである。

戦車隊の防空壕の前でウロチョロしている我々のところに、防空壕からでてきた戦車隊の兵隊が近づいてきて、

「海軍さん。一体そこで何をしているんですか」

と聞いてきた。

付近にいた兵の中で将校は私だけだった。しかし、「道にまよってここまできた」とは恥ずかしくて言えない。

「総攻撃の命令が出て摺鉢山に向かっているんです」

ともっともらしく答えた。

すると戦車隊の兵が

「そんな命令は出ていませんよ」

と言った。

私はおどろいた。総攻撃は全員でやるものだと思っていた。ところが戦車隊にはそんな命令は出ていないという。

「いや、そんなはずはない」

と私が反論した。

私とその戦車兵は言い合いになった。そこに、騒ぎを聞いて出てきた戦車隊の将校が、「前方五、六十メートル先に米軍がいる。防空壕の前でウロウロされては困る」と大声で叫び、騒ぎを静め、戦車隊の防空壕の中に入れてくれた。兵たちは、衰弱と疲労でくたくたとすわり込んだ。

私は三月一日に中尉になっていた。

海軍の部隊では階級が一番上だったので、私が代表となって戦車隊の将校と話をすることになった。戦車隊も米軍の攻撃で消耗し、一個連隊が四百人くらいまで減っていた。

戦車隊の話では、総攻撃を決定した後、南方空と旅団が兵団にその旨を報告した。その時、「総攻撃を中止しろ」との命令が兵団から下ったが、すでに各部隊が出撃していたため、兵団からの中止命令が伝達されなかった。そういう経過が通信で陸軍の各隊に報告されていたそうだ。

そして、戦車隊の将校から、

「午後八時の段階で総攻撃の中止命令がきている」

と説明され、

「このまま戦車隊の部隊に入ってくれ」

と説得された。

とはいっても戦車隊の部隊の全員から歓迎されているわけではない。海軍の兵隊を戦車隊に入れるかどうかについては戦車隊の将校たちも意見が分かれた。特に若い将校は、

「海軍など邪魔だ」といって反対した。私もそのとおりだと思った。海軍は武器もなく戦闘経験もない。とうてい海軍の兵たちが役にたつとは思えない。

私は、総攻撃が中止されたという話を完全には信じていなかった。戦車隊が兵隊の数を増やしたいために嘘をいっているのではないかと思っていた。仮にそれが本当だとしても、海軍が陸軍の指揮下に入って戦闘をすることに違和感があった。いずれにしても気がすすまない。

「井上大佐以下の部隊が出撃している以上、今さら総攻撃を中止するわけにはいかない」

とことわった。

しかし戦車隊の将校たちの勧誘は執拗だった。話し合いは一時間に及んだ。

合流

最初、千人から千五百人いた西中佐の部隊も壊滅寸前だった。兵は四百人くらい残っていたが、実際に動ける兵は三百人しかいなかった。そこに海軍の兵が二百人も現われた。

火力で圧倒してくる米軍に対抗するためには肉弾戦しかない。執拗に入隊を迫ったのには理由があった。戦車隊の将校たちは、海軍の兵隊を、肉迫攻撃に使おうと考えたのである。

戦車隊の指揮官は、昭和七年のロスアンゼルスオリンピックの馬術で優勝した西中佐（優勝当時は中尉）連隊長であった。そういう有名な人が硫黄島に来ているということは知っていたが、会ったことはなかった。

私が結論をしぶっていると、防空壕の奥から西中佐がでてきた。「ああ、これが西さんか」と思って敬礼をした。小柄な人だった。西さんは軽く頷きながら、

「兵団のほうから総攻撃をやめろと電信が入っているよ」

と私に声をかけた。

しかし私は、海軍の兵を使いたいためにつくり話をしてるのではないか、という疑いがぬぐいきれない。西中佐の説得も熱心だった。

「総攻撃は中止になったのだから一緒に戦争をやらないか」

と言う。

「我々はまだ食糧が防空壕の中にある。水も確保している」

と副官も説得してきた。西中佐はさらに、

「兵団長は総攻撃で全滅することを避け、各人あくまで生き残り、最後の最後まで抵抗するのが硫黄島の戦法だと言われている。だから、八日二十時（午後八時）、兵団司令部より旅団と南方空に総攻撃中止の命令が出された。これは本当だよ」

と話した。

暗い壕内での話し合いだったので、西中佐の細かい表情などはわからなかった。結局、私は説得に応じ、兵たちに経緯を説明した後、西中佐の指揮下に入った。

八日の総攻撃は硫黄島全軍に出たと思っていたが、航空隊と陸軍の旅団だけで出した命令であることを後で西中佐から聞かされた。私が西中佐と会ったのはその時が初めてであった。その時、二十分くらい西中佐と話をした。

戦車隊の防空壕は大きく、食糧と水の備蓄があった。壕内は暗く、誰一人口を開く者はいない。

戦車隊からの水の支給は一日に水筒一本であった。食糧は朝昼晩、乾パンが四、五枚ずつ配られた。

私は下士官に指示を出し、兵を戦車隊の各中隊に分散した。

その後、戦車隊の壕を将校間の連絡で歩いていると、十七分隊の中村（彼は第二小隊長で、私は第一小隊長）と十六分隊の吉田とばったり会った。この二人も海軍の兵（数人）を連れて戦車隊に合流していたのである。

「おお中村」

「大曲じゃないか」

「吉田も生きとったか」

と健在をよろこびあった。こいつらも一緒なら心強いと思ったがそれも束の間であった。

中村は再会から二時間後、敵弾で戦死した。くわしい状況はわからないが、中村は夜、食糧を探しにいった時に米軍に撃たれて死んだと聞いた。

吉田は十一日の昼間、防空壕内にいたところを米軍の攻撃を受けて死んだ。これもくわしい状況はわからないが、吉田は私とは別の壕にいたところを米軍に発見され、火炎放射器から逃げられずに焼き殺されたようだ。

肉迫攻撃

戦車隊の目標はあくまでも米軍の戦車であった。戦車隊はすでにすべての戦車を失っていたため、攻撃隊を編成して戦っていた。爆弾ごと戦車の下に飛び込むことを肉迫攻撃という。兵は死ぬ。その代わり戦車を破壊することができる。特攻隊の戦車版である。

当時、戦車隊も戦力を消耗し、唯一できる攻撃がこの肉迫攻撃だった。海軍の兵も戦車隊に組み込まれたため、その日から戦車隊の兵と攻撃に参加した。出ていった兵は敵戦車が来ると死ぬ。

敵戦車がこない場合には壕にかえってくる。

海軍が初めて肉迫攻撃に参加した日、敵戦車が来なかったらしく戦車隊の兵たちがかえってきた。しかし海軍の兵隊がいない。

「海軍はどうしたんだ」

と聞くと、戦車隊の兵は、

「逃げたよ」

と吐き捨てるように言った。くわしく状況を聞くと、海軍の兵隊は現場に行って敵戦車を待っている間に、

「こんなのやってられない」

といってどこかに行ってしまったらしい。かえってきた海軍の兵もいたので聞いてみたが、はっきりと答えない。かえってこない兵はどこか別の壕に行ったようだ。

海軍の兵隊の逃亡は二日つづいた。そのつど私は戦車隊の兵から、

「海軍の兵隊さんはどこかにずらかってしまったよ」

という報告を受けた。

陸軍と海軍は別の組織である。現場で配置についている間に、「陸軍の命令なんか聞かなくてもいいや」といって海軍の兵が逃げてしまうらしい。

それにしても不思議である。総攻撃の命令を受けた時点で全員が死を覚悟していた。死ぬことを前提に壕を出発したが、海軍の兵が逃亡することなどなかった。それがこの肉迫攻撃に限って逃げてしまう。私は、これはおかしいと感じた。

いったい陸軍は何をやっているのだろうか、と不審に思い、三日目は私が志願して現場に行ってみることにした。

死者の視線

海軍の兵隊にたいしては陸軍は指揮権がない。肉迫攻撃の命令をだすのは私の担当だった。指揮官としては兵隊が何をやっているのか知っておく必要がある。意を決し

て次は自分が行くことにした。むろん、戦車が来たら飛び込んで死ぬつもりだった。いずれ死ぬ。

飢えと渇きに苦しんだり、火炎放射器で焼かれるよりも、爆弾で吹き飛んだほうがよい。私に恐怖はなかった。

そして私が体験したもののうち、最も非人間的で悲惨であったのは、敵のＭ４戦車にたいするこの肉迫攻撃であった。それはまったく酷いものだった。

陸軍が行なっていた肉迫攻撃とは、明日、敵が攻撃してくると予想される地点に（戦車隊の本部の作戦によって指定された）三人ないし四人を一組として、五組くらいが行く。連日、戦車隊の将校が「明日はこの方面」と地図を見ながら戦車の進路を予想し、指定した場所に決死隊を行かせた。配置場所は四ヵ所か五ヵ所だった。

出発にあたっては梱包《こんぽう》爆弾が渡された。梱包爆弾とはみかん箱のような木箱に五キロから十キロくらいの爆弾を詰めたものである。

三月十二日夜。戦車隊に合流してから三日目、私は、みかん箱を背負って外にでた。そして海軍の兵隊十二、三人を連れ、戦車隊の兵二人と一緒に出発した。

夜十時ごろ出発し、明け方四時ごろ指定地に着いた。付近には日本兵の死体が散乱している。敵弾にたおれた死体がそのまま放置されているのである。

その死体は、生きているような新しいものから、腐乱して膨らんでいるものまで様々であった。各班が分散した。

肉迫攻撃のやり方はあらかじめ聞いていた。日本兵の死体を七、八体集めてその中に入る。生きた自分が死体になりすまして敵戦車がくるのをじっと待つ。そして戦車が至近距離を通過する時に爆弾ごと飛び込む。その程度のことなら私にもできるだろうと考えていた。

苦しまずに死ねればいいな。そんなことを考えてここまできた。

ところが準備が始まるととんでもない事態になった。私は陸軍の兵の指示に従い、集めた死体の中に身を置こうとしたところ、

「海軍さん、それではだめです」

と小声で指摘を受けた。

「?……」

「死んだ者のはらわたを取りだして、自分の体に塗って、負傷して死んだように見せかけるんです」

「……」

私は言葉をなくした。そして小声で、

「そんなことはできない……」

と言ったが、

「そうしなければ敵にさとられてやられてしまう」

と説得された。

「私はそれで死んでもかまわない。だから戦友の死体を裂いたりはしない」

と反論した。

言い争いをしているうちに夜が明けてしまう。朝になれば米軍がくる。戦車兵も必死だった。

「あなたはそれでよいかもしれないが、あなたが敵に発見されると我々も見つかってしまう。戦車隊に入った以上、命令だと思ってやってもらわなければ困る」

と言われた。

私は呆然とした。しかし、ことここにいたってはやらざるを得ない。肉迫攻撃に志願したことをこの時初めて後悔した。

味方の死体を裂く行為は、戦車の下に飛び込むことよりも苦痛な行為である。

「なるほどこれでは海軍は逃げる」

と逃亡の原因が初めてわかった。そして、こんな作戦を出すことじたい、日本軍は末期的な状況だ、と思った。

やむなく、私はなるべくきれいな死体を裂いてはらわたを手に入れることにした。私についてきた他の海軍の兵たちもそれに従った。

私は、戦死者の腹を切って臓物を取りだし、自分の上着のボタンをはずして胸のあたりに押し込んだ。そして、ズボンの破れた部分から臓物をはみださせて、我が身を死体に偽装した。つかんだ内臓の感覚はおぼえていない。下腹部を切り、内臓を無造作につかんで引きだした。途中で切ることもせず、ずるずると引きだして服のすきまに入れた。

その時、すでに人間としての感覚がなくなりつつあったのか、気持ちが悪いとも、死者が可哀想だとも思わなかった。戦場で生死の境を歩いてくるうちに、通常の者が感じるような嫌悪の感情がそぎ落とされていたようだ。

しかし、死体にまぎれて横になってみると別の苦しみが待っていた。私を攻撃してきたのは米軍の砲弾ではなく、死者の視線であった。死んだ日本兵たちがギョロッと目を剥きだして私を見ている。死者の視線が鋭い矢になって皮膚を貫き、肉を裂き、骨を刺した。その矢は、幾千本であり、幾万本にも感じた。

死者の視線がこれほどの苦痛を与えるものだとは……。

私は歯を食いしばって屈辱感に耐えた。なんという非人間的で残忍な行動であろうか。身を横たえたまま今までに感じたことのない汚辱感に戦慄した。私は冷静さを失うまいと必死だった。

夜が明けた。米軍の攻撃が始まった。米軍の弾丸がピュッピュッと頭上をかすめていく。艦砲から発射された砲弾が周辺で炸裂する。

米軍の地上軍がまだ侵攻していない北地区と東地区にたいしては、容赦のない艦砲射撃がくりかえされていた。間断なく周辺に炸裂する砲爆の轟音で地面が揺らぐ。

風を裂いて突き刺さる鉄の破片。黒煙、白煙そして砂塵が濛々と立ち込む中で、死体と並んで横たわり、じっと敵のＭ４戦車を待った。

だんだん意識が混濁してくる。自分が生きているのか。すでに死んでいるのか。それすらもわからなくなってきた。ふと我に返り考えた。

臓物を取りだされた戦死者の身が明日の我が身になる。私が死んだら次の兵たちがきて私の腹を裂く。私の臓物は生きた兵の体に貼り付けられる。戦死してもまだ死体となって戦闘をつづけなければならないとは。

「ああ、これが、戦場かよ」

と心の中で呪った。

「硫黄島の兵隊は死んでもまたこんなかたちで戦争をしなければならないのか」

そして、

「俺も死んだらこうされるのか」

と心の中で叫んだ。

目の前で目を見開いて死んでいる死体の顔が自分の顔に見える。言葉に表わすことのできない嫌悪感に苛《さいな》まれ、いたたまれない思いが全身を駆けめぐった。

私はじっとして戦車が近づくのを待った。早く死んで楽になりたい、という気持ちと、こんなところで死にたくない、という気持ちが入り乱れる。

離れた高地を何台もの戦車が通ったが、私が寝ていた場所には戦車は来ない。

私はじっと待った。朝になり昼になった。その待っている時間の長さ。一日が一年くらいに感じた。待っている間、疲れから眠気に襲われる。うとうとすると顔や首すじにウジが這う。それでハッと目が覚める。そして死者の視線におびえる。そんなことを死体の中で一日中くりかえした。

結局、戦車は接近しなかった。

夜になって米兵がいなくなった。立ち上がると血がかたまってパリパリと音を立てた。服はもちろん、手や顔にも血がついている。しかし洗う水などない。血で汚れたまま、私たちは戦車隊にかえった。

毎夜、戦車隊の将校たちは、この作戦をくりかえしていた。

意見

私は肉迫攻撃に参加してみて、すぐに、こんな作戦がうまくいくわけがないと思った。この地上の特攻が戦果を上げることなどほとんどない。これは実際にやってみるとすぐにわかった。

地上に寝ていると、爆音とともに敵戦車が数百メートル先を走行してくる。伏せたまま敵の動きを感じていると、米軍はまず三、四台の戦車が走行し、日本兵の死体を発見すると八十メートルか百メートル先から機銃掃射をした。戦車の機銃でダダダダダダダダと死人を撃ちながらゆっくりと進む。

次に五、六十メートルくらいの距離から火炎放射器で焼き払いながら前進する。あたり一面を死体ごと真っ黒に焼き尽くすのである。その戦車の後ろに百人くらいの歩兵がついている。

死人になった私が背伸びして見ることはできなかったが、音と雰囲気で米軍が何をしているのかはわかった。とても十キロの爆弾を持ってM４戦車に近寄ることなど不可能であった。

戦車隊の指揮官は、現場の状況を把握しないまま肉迫攻撃の命令を出していた。戦車隊の兵に聞くと、

「以前に肉迫攻撃が一度か二度、成功したことがあった」

という。

しかし米軍も馬鹿じゃない。一回そういうことがあれば機関銃や火炎放射器を使って対策をとってくる。戦車隊の将校は、一度か二度の成功を根拠にし、同じ命令をくりかえしていた。しかし、実際にやってみると成功の可能性がきわめて低いことがわかった。

「とてもあんな状況で成功するわけがない」

と戦車隊の将校たちに私が体験したことを説明した。話し合いは二時間に及んだ。

私は、

「この作戦はおかしい」

と言った。

実際に肉迫攻撃を体験した将校は私だけだった。経験ほど強いものはない。居並ぶ将校の中で私が一番下だったが、気後れすることはなかった。

「米軍は警戒している。あんなことをやっても成功するわけがない」

「海軍の兵隊もみんないやがる。私もいやだ。海軍の兵隊が逃げて自分の壕にかえってしまう」

と言った。

私はしゃべっているうちに怒りがこみあげてきた。何にたいする怒りなのか。よくわからない。ただこんな作戦のために海軍の兵が死ぬのは可哀想だという気持ちがあった。

私が言わない限り今後も肉迫攻撃はつづけられるだろう。昨日死んだ兵の死体が裂かれ、今日の兵が死ぬ。今日死んだ兵の死体が明日裂かれ、明日その兵が死ぬ。それが毎日くりかえされる。その命令を防空壕の中から将校たちが出しつづける。そんな行為が許されてよいのだろうか。私は戦車隊の将校たちに向かって、

「こんなことをやっても意味がない。やめるべきだ」

とはっきり言った。陸軍にたいする侮辱といっていい激しい言葉であった。

戦車隊の一部の将校は、

「我が戦車隊の戦術を愚弄《ぐろう》するのか」

「海軍が陸軍に文句を言うな」

と激高し、中にはサーベルを抜こうとする者までいた。

しかし不思議と恐れはなかった。私は海軍であったから陸軍にたいする遠慮はない。

大声を張り上げる若い将校にたいし、

「そんなことをいうなら、あなたがやってみなさいよ」

と言った。

西中佐は、私と戦車隊の将校が言い争うのを黙って聞いていた。

結局、戦車隊の将校と私の話し合いはつかず物別れに終わった。最後はけんか別れのようになった。私は自分の壕にかえってから暗がりの中にすわり込み、戦車隊から別れて他の壕に移ろうかな、と考えていた。

ところがその次の日、戦車隊の付近の壕が米軍からの攻撃を受け始めた。戦車隊の警備兵は防空壕周辺の陣地に配置して防戦した。しかし火力に勝る米軍に太刀打ちできず壊滅状態になった。

米軍の攻撃によって肉迫攻撃は打ち切りとなった。

硫黄島の指揮官

指揮官が戦闘の状況を知らない。把握していない。これは硫黄島戦の全般を通じて言えることであった。

硫黄島では戦闘が始まっても指揮官は防空壕の中にいる。外に出ると殺されるからである。死ねば指揮がとれない。だから暗い防空壕の中で作戦を練る。前線から生き残って報告する者などまれである。そういう状態で作戦が出された。

本部壕は深い。旅団司令部も南方空の防空壕も深さは三十メートル以上ある。真っ暗な防空壕内の一室にテーブルと椅子を置く。ランプやろうそくを灯して地図を広げる。

となりには電信室がありディーゼルエンジンを動かして通信を傍受している。その情報を基に作戦を立てる。伝令が各部隊に作戦を伝えるために外に出る。しかしその伝令は外に出たとたんに殺されることがほとんどであった。

指令を出した将校は伝令が作戦を伝えたという想定で次の作戦に入る。だから戦闘のまっただ中にいながら現実とはかけ離れた認識でいる場合が多い。結局、自分の目で見ない限り状況の把握はできない。肉迫攻撃も私は行く必要はなかった。しかし、兵隊が逃げてしまうという異常な事態に陥った。

原因がわからないと次の命令も下せない。命令を下す者が防空壕の中にいてもしかたがない、と考えて攻撃隊に加わった。たしかに、

「どうせ私も死ぬのだからいっそこの機会に死のう」

と思ったこともある。しかし、そのころの私は若かったこともあり、

「命令を出す者として兵隊たちが現場で何をやっているのかを知らなければならない」

というまっすぐな義務感があった。

そして、やってみて初めてこの作戦の愚劣さがわかった。防空壕の中にいたのでは絶対にわからないことである。

これは特攻隊も同じである。内地にいて、

「特攻に行け」

と命令をする。

しかし、特攻隊が行った先には何百隻もの軍艦や何百機もの戦闘機が待ちうけている。そんなところに数機の戦闘機が飛んでいってもすぐに撃ち落とされてしまう。

硫黄島にも特攻隊がきた。しかし島の上空には常に米軍の何百機もの戦闘機が待機

し、何百という軍艦が近代装備を積んで島を取り囲んでいる。電波探信儀も発達しているため特攻隊がきたらすぐにわかる。

そういった状況で数機の日本機がノロノロきても突っ込む前に撃ち落とされてしまう。特攻隊で戦果を得たことなどまれではないだろうか。

指揮官が重大な命令を下す場合には必ず自分の目で現場を見なければならない。そうしなければ、とんでもない作戦を立てたり、異常な命令を下してしまう。

戦車隊の肉迫攻撃も特攻隊もそうだった。現場を見ない、あるいは見ようとしない指揮官によって作戦が立てられ、命令が下された。そして多くの日本兵が死んでいった。

伯田隊

東山地区に伯田隊という陸軍の部隊がいた。戦車隊の者に聞くと、

「九州地方を主体とした陸軍の歩兵部隊だ」

と言う。陸上戦闘の訓練を積み、他の部隊と比べて精鋭だと言われていた。

伯田隊の任務は東山地区の陣地を守ることだった。その部隊が突然いなくなった。

私は陸軍ではないのではっきりしたことはわからないが、次のような事情だったらし

い。

三月五日ごろになると、第二飛行場と北飛行場（滑走路もなく単に平らな場所）も占領され、米軍が北地区の兵団本部に近づいていた。

「このままでは兵団の壕がやられる」

ということになり、兵団から、

「自分の陣地を退いて兵団本部の護衛にまわれ」

という命令が下った。そして、兵団の近くの防空壕を陣地とするよう指定され、

「至急、部隊を移動するように」

という命令が出された。

伯田隊はこれに猛反発した。

伯田隊にしてみれば半年もかけて自分たちの防空壕と陣地をつくった。そして敵が攻めてきたらどう戦闘するかという作戦を練り、十月ごろからずっと訓練してきた。そこへ突然、「兵団がやられそうだから陣地を替えてこっちにこい」という命令が下っても兵たちは納得しない。この命令には兵だけでなく、小隊長や中隊長も反対したようだ。

二回くらい兵団に伝令をだし、

「我々は訓練もしたし地形にも慣れている。ここで戦闘をさせてほしい」

という返事をした。

伯田隊は、応召兵を寄せ集めた部隊ではない。硫黄島でも数少ない陸軍の専門部隊であった。武器も揃っている。兵の統率もとれ、訓練も十分に行なってきた。

「ここで米軍に一泡吹かせてやりたい」

と伯田隊の兵士たちは思っていたのではないか。

敗色が濃厚な状況にあって伯田隊の士気は旺盛だったようだ。伯田隊の内部では反対派と容認派が対立した。議論は紛糾したが、結局、伯田隊長が、

「兵団の命令に従う」

と決断し、兵隊を連れて移動した。

伯田隊の兵隊の中には、この命令にたいし、

「そんなことは絶対にできない」

といって自殺した者もいた。その伯田隊が北地区の兵団に移動したのが三月六日か七日だと思う。

私はこの話を、のちに捕虜になり一緒の収容所にいた伯田隊のM中尉から聞いた。

戦車隊の迷走

三月十六日ごろ。伯田隊が移動して壕が空いているという情報が戦車隊に入った。戦車隊の将校が、
「伯田隊は戦闘中に移動したためドラム缶の水や食糧は持っていけなかったはずだ」
「食糧と水がある伯田隊の壕を我々の新しい陣地にしよう」
と言った。

戦車隊の本部壕をとり囲むように各部隊の小さな壕がある。その壕の中にいた戦車兵が火炎放射器で次々と殺されていた。

まもなく戦車隊の本部壕が攻撃される。脱出するなら今しかない。戦車隊と伯田隊の陣地は一、二キロしか離れていない。さっそく移動することになり、日が暮れるのを待って壕を出発した。

その時の人数は、海軍の兵を含め約五百五十人くらいだったと思う。私が海軍で陸戦の経験が不足していたためだろうか、私は西中佐を護衛する部隊の小隊長を、西中佐本人から下命された。以後、私は、十二、三人の海軍の兵隊を連れて西中佐の直近で行動した。

その出発の日が十六日か十七日、あるいは十五日だったたか。いつが正しいかと問わ

れれば、私は十六日ではなかったかと見る。それが何日であってもかまわないのだが、西中佐が亡くなった日を特定するためには、戦車隊が伯田隊の陣地に向かっていつ出発したかが重要となる。

以降、十六日に出発したとして話をすすめる。

三月十六日の夜七時か八時ごろ、我々は戦車隊の本部壕を出発した。そして十七日の明け方五時ごろ、伯田隊の陣地付近に着いた。さっそく部隊全員で伯田隊の壕の入口を探した。

ところが周辺が砲弾でつぶされて地形が変わり、壕の場所がわからない。全員で必死になって捜したがどうしても見つからなかった。間もなく夜が明ける。このままここにいると部隊は全滅する。

戦車隊は米軍の攻撃を避けるために海岸にでた。海岸には崖などがあって戦車がこられない。海岸線に米軍の歩兵をさそいこみ、地上戦をやれば少しは戦えると考えたようだ。

夜が明けた（十七日の朝）。

朝日の中、海辺の岩場を五百人からの兵隊がウロウロする状態になった。

午前八時ごろ、米軍に発見されて猛烈な攻撃を受けた。戦車隊は海岸の波打ち際の岩と岩の間に隠れながら応戦した。

私にとって初めての本格的な地上戦だった。私は拳銃と軍刀しか持っていなかった。何もできずに岩陰に隠れてじっとしていた。指揮することなどとてもできない。声もださなかった。

戦車隊の応戦も弱々しいものだった。応戦したというと勇ましく聞こえるが、実際には岩陰に隠れて米兵の姿が見えると、パン、パンとライフル銃を撃つ程度であった。圧倒的な火力をもつ米軍にたちまち圧倒されて部隊はバラバラになった。

夕方の四時半か五時くらいまで波打ち際で米軍の攻撃を受けた。私たち十二、三人の護衛は、西中佐をはじめとする将校たちの近くにいた。戦車隊の将校たちは岩陰に身を潜めて息を殺していた。

米軍も慎重だった。死傷者を出さないため機銃陣地を張り、そこからじりじりと前進してきた。最前線にいる日本兵は二、三人単位で撃たれ、部隊も後退を重ねた。一気に攻められれば数分で全滅したであろう。しかし米軍は決して突撃をしてこなかった。

硫黄島において地上戦が長引いた原因の一つは、米軍が慎重だったからである。すでに空港は制圧した。飛行機の離発着も開始されている。日本軍に反撃する力は残っていない。米兵が無理をする理由は一つもなかった。米軍は夕方になると一日の仕事を終えて帰宅するように安全な自分の陣地にかえっていった。

その時の戦闘で、戦車隊と海軍の兵が五十人くらい戦死した。残る戦車隊の数は約四百四、五十人である。

三月十七日夜。我々は行くところがなくなった。

そこで将校たちが話し合い、

「この海岸線を通って北地区に行こう。北地区に行ければ兵団に合流することができる」

ということになった。

夜の七時ごろ。さっそく戦車隊の将校斥候（少尉か中尉）が五、六人の兵隊を連れ、北地区に抜けることができるかどうかを偵察に行った。

斥候がかえってきたのは夜の十時ごろだった。そして、

「北地区までは波打ち際が絶壁で道路もなく、歩くことはできない。とても四百人も

の兵が移動することは不可能だ」

と報告した。

自分たちが今いるこの海岸には防空壕はなく、隠れる場所もない。結局、

「ここで戦うわけにはいかないから戦車隊の壕にかえろう」

ということになり、十七日の夜十時すぎ、戦車隊の壕に向かって出発した。

私はかえる場所が決まって気持ちが楽になった。そして、歩きながら妙に陽気な気分になった。戦車隊の壕にかえる途中、米軍が残した小さな缶詰を拾いながら歩いた。

私はそのとき初めて、道ばたに食糧が落ちていることを知った。

戦車隊の本部壕に着いたのが十八日の朝六時か七時だった。かえってみると米軍が戦車隊の本部壕の入口を塞いでいた。周囲に米軍はいない。米軍もまさか部隊がもどってくるとは思わなかったのであろう。

その時、西中佐が、

「朝になれば米軍がくるだろう。ここが自分の陣地だから、ここで戦闘をして玉砕しよう」

といった。

戦車隊の兵たちはそれに従い、防空壕の上の塹壕やタコ壺に配置についた。封鎖を

破って防空壕の中に入っても爆弾や火炎放射器で殺される。西中佐は「それならここで戦っていさぎよく死のう」と思ったのだろう。

十八日の朝、私たち海軍の護衛部隊も塹壕に入り、米軍がくるのをじっと待った。水は水筒に少し入っていた。食糧はなかった。日差しは強い。ときおり、砲や銃声が聞こえる。第二飛行場（元山飛行場）からはアメリカの輸送機が飛び立ち、上空を飛んでいくのが見える。兵たちは静かに米軍を待った。ところがその日、どういうわけか米軍がこなかった。

十八日の夜。

このままここにいるわけにもいかない。将校たちが話し合い、

「兵団に合流しよう」

ということになった。

そして、十八日の夜七時ごろ、戦車隊四百人前後は兵団の壕に向かって出発した。丸万集落から兵団までは距離にして約二キロである。本来であればそれほど時間がかからない。順調にいけば夜が明ける前に兵団に合流するはずだった。

ところが地形が変わってしまい、道がまったくわからない。方向を失った戦車隊は道にまよい、先発隊が北飛行場（第三飛行場）を通過し、兵団の手前約千メートル付近に来たところで夜が明けてしまった。

十九日の朝。戦車隊はたちまち米軍に発見されて戦闘状態になった。前方で激しい銃声が起き、あたり一帯が一斉に戦闘状態になった。その時も私は西中佐の護衛として十二、三人の兵隊を連れていた。西中佐の周辺には戦車隊の幹部が七、八人いた。明るくなってみると周囲は全部米軍だった。戦車に包囲され身動きがとれない状況に陥った。地形は凹凸になっているために米兵と味方の兵隊の姿は見えない。ただ周囲から、

ダーーーーーーーッ

という米軍の機関銃の音と、

パン、パン

という三八式小銃の音がときおり聞こえた。

米軍の戦車砲が発射し、耳をつんざくような炸裂音が鳴り響いた。私は地に這いつくばってじっとしていた。その時、後方の岩陰に伏せていた西中佐から、

「大曲小隊長」

と呼ばれた。私が言いながら近づくと、顔を近づけて、

「本隊に全部兵を集めろ」

と言われた。本隊とは、西中佐とその周辺にいる将校たちのことである。自分の周辺に兵を集合させろと言っているようだ。

「集めろったって……」

あたりは米軍の機関銃や戦車砲の音ですさまじい状態になっている。私は一応、大声で命令を伝達しようとしたが声は届かない。激しい銃声の中、兵たちは百メートルも前方にいるため、いくら大声をだしても聞こえないのである。

部隊はバラバラになり、とても集められる状況ではない。私は西中佐のところに戻り、「とてもできません」

と言った。

米軍が戦車を先頭に接近してきた。西戦車隊は抵抗らしい抵抗もできないまま崩壊した。以後、戦車隊の兵は二度と集まることはなかった。

私は地面に伏せたまま、「全滅する」と思った。

銃声

昭和二十年三月十九日午前。

米軍が我々の方に進んできた。振り返ると、戦車隊の将校たちは海岸に向かって崖を降り始めていた。私も護衛の兵とともに後を追った。

北地区の銀明水付近だったと思う。我々は西中佐らを護衛して岩の間を通り、海岸に降りていった。私の小隊は米軍に追われたため、米軍と応戦しながら戦車隊の将校たちを追った。

その時、米兵がババババババと自動小銃を撃ってきた。弾が頭上をかすめていくのがわかる。

護衛の兵のうち、銃を持っている者が米軍に向かって構え、姿が見えた米兵に向かって一発か二発撃った。威嚇射撃みたいなものであった。

その後、機関銃と戦車砲による猛烈な攻撃を受け、自分の兵たちがどこにいるのかもわからない状態になった。私は岩陰に身をひそめて、米軍に見つからないようにじっとしていた。声もださない。

米軍は戦車の後ろに五十人から百人の歩兵がいた。幸い、我々が逃げ込んだ場所は崖なので戦車はこられない。深追いはしてこなかった。二時間くらいすると米軍の銃声もやんだ。

私の小隊もバラバラになり、私は一人になった。周囲を見わたしても戦車隊の幹部ら五、六人の姿がない。崖を降りて捜したが、どこに行ったのかわからない。

その付近には天然の小さな壕のような岩陰がたくさんあった。目の前には海が広がっている。そのあたりを調べてみたところ、同じ戦車隊の兵三、四人が岩の間の穴に隠れているのを発見した。兵たちは憔悴《しょうすい》していた。

「西中佐を知らないか」

とたずねたが、

「知らない」

と首を振った。

一体どこに行ったのだろうか。朝の十時ごろまで付近を捜したが見つからなかった。私も疲れた。極度の疲労で動けなくなってしまった。

そこで、さっきの戦車隊の兵の近くの岩陰に一人ですわった。他の兵から見えない。一人でポツンといる。私は水筒を持っていた。その水を飲んだ。食糧はなかった。腹が減っているはずだが緊張と恐怖の連続で空腹感はない。

十九日（壕を出発した日が十六日だとすると）午前十時か十一時ごろ。付近でものすごい銃声がした。

高台から撃つ戦車の機関銃の音である。銃声は数秒間つづいた。私は、こんな時間にいったい誰が戦っているのだろうかと疑問に思った。この時期に、白昼、米軍と戦おうとする日本兵などいなかった。

これは戦車隊の将校たちが米軍に発見されたのかもしれないと、そのとき思った。

西中佐の最期

西中佐に関し、私が体験し見聞きしたことは以上である。

私は、戦車隊が伯田隊の防空壕を目指して出発したのが十六日だと思う。仮にそれが正しいとすると、西中佐が亡くなったのは十九日になる。その最期はわからない。米軍に撃たれて死んだのか。どこかで自決したのか。最期がどういう状況だったのかは見ていないからわからない。

しかし、あの銃声を聞いた後、西中佐たちが二日も三日も生き延びたとは思えない。その後、我々は戦車隊の防空壕に戻ったが、そこには西中佐たちはいなかった。生きてかえるとすれば戦車隊の防空壕しかない。そこにいなかったということはどこかで死んだということである。どこの防空壕にも入らず、捕虜にもならずに、あの付近で何日も生きることはできない。

その後、西中佐たちを見たという者も現われていないことからも、やはり十九日に亡くなったのだと私は思う。

あのものすごい機関銃の音を聞いた時が、西中佐の最期だったと私は思っている。西中佐らを見失うまでの編成は、西中佐の他に、副官の少佐、軍医の将校が三、四人、下士官が一、二人、そして私が小隊長で兵隊を十五、六人連れて護衛していた。

硫黄島の将校たちの最期はだいたい西中佐と同じだったと思う。防空壕で殺されることを避けるために外に出る。司令官とその側近は必ず部隊の最後尾にいる。部隊の全滅が近づくと自決する。

部隊の先頭に立って敵陣に突っ込むようなことは誰もしていない。米軍は圧倒的な火力で攻撃してきたため、敵陣に突っ込もうとしてもできない状況だった。

抵抗する間もなく、あっという間に粉砕された。現代の人が求めるようなドラマが成立する余地はなかった。指揮官がとれる唯一の抵抗は、自分の死体を敵に渡さないことだけだった。

だから、栗林中将も、市丸少将も、井上大佐も、西中佐と同じような死に方をしたと思う。華々しく討ち死にしたのではない。

指揮官が部隊の先頭に立って突進するなんていうことができたのは、戦闘機も戦車もない時代までの話である。せいぜい日露戦争までだろう。硫黄島は、昔の侍が敵陣に斬り込むような、そんなことができるような戦場ではなかった。

人と人が殺し合うのが戦場である。その戦場を美辞麗句でかざったり、勇ましく戦ったかのような物語をつくってはならない。

現代の人は、勝手なストーリーをつくるのはやめなければならない。読む側の人は、つくられた美談や英雄話を信じてはならない。昭和に行なわれた戦場の実態をしっかり把握して欲しい。

そうでなければいつかまた日本は戦争への道を歩むのではないか。

なお、戦闘中に米軍が西中佐にたいして特別な呼びかけをしたという説がある。それを今でも信じている人がいる。しかし、これは嘘である。

「バロン西よ、あなたは……」

などという話はまったくのつくり話である。そもそもバロン西なんて誰も言ってなかった。

私は西中佐の護衛をしていたため、西中佐が亡くなる直前まで行動をともにした。だからはっきり言える。そういうことは絶対になかった。

戦車隊にたいして投降勧告がされたこともなかった。

三月十七、八日ごろはまだ硫黄島全体で戦闘が行なわれていた。だから捕虜になった者も少ない。投降勧告がされだしたのは日本兵の捕虜が増えてからで、西中佐が亡くなった後の話である。

西中佐が日本軍の中にいることを知っている米兵がいたかどうかも疑わしい。戦後、ある作家がアメリカに行って米軍の将校に取材したが、

「その当時は西中佐が硫黄島にいたということは知らなかった」

と言ったという。

いずれにしても、私の知る限り西中佐にたいする投降勧告は一度もなかった。

第六章　壕転々

自殺

私は岩の間に入り、海を背にぐったりとすわり込んだ。

これ以降は自分が生き残ることだけを考えた。やがて飢えと渇きによって人間の心も剥ぎ取られ動物のようになっていく。

ただひたすら、いかにして米軍の攻撃からのがれるか。いかにして水を得て渇きを潤すか。いかにして食糧を確保するか。それだけを考えて過ごした。これは私だけではない。生き残ったすべての日本兵がそうだった。ゲリラ戦を演じたわけでもないし、持久戦を行なったという意識もない。明るいうちは防空壕の中にいた。夜になると外に出て水と食糧を漁った。

これが硫黄島の日本兵の本当の姿である。

私は岩陰に一人でいた。その時、人の気配を感じた。岩陰からのぞくと七、八人の米兵が二頭の軍用犬を使って日本兵を捜していた。軍用犬が盛んに周囲を嗅ぎまわっている。

私は腰につっていた拳銃に手を伸ばした。そして硫黄島にきて初めて銃を抜いた。銃把《じゅうは》を握り、見つかったら殺される、その前に一人でも殺してやると考えた。しかし、ここで戦っても日本が勝つわけじゃない、米兵を一人か二人殺すことに何の意味があるのだろうか、という疑問が浮かんだ。

米兵を殺しても殺さなくても、見つかれば殺される。殺されるなら自分で死んだほうがいい。そう思った。

軍用犬が四、五十メートル先をグルグルまわっている。

「もうだめだ」

私は自殺を決意した。銃を頭に当てて発射すると反動で手元が狂って弾がそれることがある。確実に死ぬには口にくわえるのが一番であった。銃口をくわえて引き金を引けば必ず死ねる。

軍用犬の息づかいが近づいてきた。間もなく見つかる。

「死のう」

銃を自分に向けた。銃口を近づけて口の中に入れた。死にたいする恐怖は少しも感じなかった。故郷のことも、家族のことも、何も浮かばなかった。ただ、鉄とはなんと硬くて冷たいものだろうと思った。

唇に銃口が当たった時に冷たいと感じ、歯に当たった時に硬いと感じた。それ以外は何も思わなかった。

米兵が近づいてくる。急がなければならない。米軍に気づかれないように静かに撃鉄を起こした。瞼を閉じた。引き金を引いた。

カチーン

と甲高い金属音がした。死んだと思った。しかし死んではいなかった。

私は銃の手入れを一回もしたことがなかった。銃の発射装置が錆びていたのだろうか。あるいは弾が湿気っていたのだろうか。理由はわからない。弾はでなかった。

実際には二、三秒だったと思うが、正気に戻るまで二、三分かかったように思えた。

我に返った時に初めて恐怖を感じた。殺される、という恐怖である。自分で死ぬのは怖くない。しかし殺されるのは恐ろしい。矛盾するこの気持ちは経験した者にしかわからないだろう。

もう武器がない。将校だから軍刀は持っていたがそんなものは役に立たない。米兵に見つかった時にどうしよう。私は落ち着きを失った。硫黄島に来てこんなにあせったことはなかった。

目の前の三、四十メートル先を米兵たちが通過した。私は目を閉じて発見される瞬間をじっと待った。どれくらいの時間が経っただろうか。気がつくと人の気配がない。結局、軍用犬は私を見つけることなく遠ざかっていった。私だけでなく付近にいた他の兵たちも見つからなかった。夜になると生き残った戦車隊と海軍の兵たちが這いだしてきた。私は行くあてもないため、戦車隊の防空壕に戻ることにした。

深夜、戦車隊の兵隊七、八人と海軍の兵四、五人を連れて、日出浜を出発し、足を海に浸しながら海岸線を歩いた。昼は波打ち際の岩と岩の間に隠れてすごした。波打ち際にいると、潮が満ちてくる。我々は腰まで海につかって夜がくるのをじっと待った。一日中波に洗われていた。

水から逃れて高台に行きたいのだが、行けば米軍に発見される。そこしか隠れる場所がないため水の中にいなければならない。これは大変な苦痛だった。我々はすわることもできず、海草のように波の中で揺れていた。

我々は米軍に発見されることなく戦車隊の本部壕にかえることができた。そこにたどり着くまで丸二日かかった。

ビアー

米軍は夜になると幕舎にかえる。そして夜が明けて九時か十時ごろから活動を始める。米兵は十人か二十人くらいでかたまって歩き、日本兵を発見すると銃弾を浴びせた。我々が行動できる時間は夜に限られていた。我々には水も食糧もなかった。

夜、海岸線を歩いて戦車隊の壕にかえる途中、食糧を発見した。米兵が残した野戦食、フィールドレーションである。缶詰やソーセージ、ビスケットなどが携行バッグに入ったまま置いてあった。米兵は日本兵を見つけると携行食をその場に置いて発砲し、日本兵が逃げると食糧を置いたまま前進するようだ。

食糧が豊富にあるため、持ってかえらなくてもいいのだろう。そのまま捨てて幕舎にかえる。我々はそれを見つけた。戦車隊が壊滅し、個人で行動するようになってからは、夜の食糧探しが日課になった。

もちろん見つからない日もあったが、何日かに一回のペースで発見できた。これがなかったら私は餓死していただろう。

それから私は捕虜になるまでに硫黄島でいろんな食糧を拾った。ビスケット、ソーセージ、パン、菓子類、缶詰……。その中で、最も美味だったのはビールであった。

数人で食糧探しをしていた時に岩陰に箱があった。持つとずっしりと重い。開けると長くて細い缶詰が入っていた。缶詰を取り上げて英語を読むとビアーと書いてあった。

これがビールだとわからなかった。英語ではビアーといい、ドイツ後ではビールという。当時の日本ではビールといういい方しかなかった。そのため、ビアーがビールのことだとは思わなかった。

当時の日本に飲み物の缶詰はなく、ビールもビンしかなかった。我々には飲み物を缶詰にするという概念がない。だから中にビールの液体だけが入っているとは思わなかった。

私はアルコールを使った保存食だと思った。日本には酒漬けがある。酒漬けには日本酒を使う。しかしアメリカには日本酒はない。だから日本酒の代わりにビールを使うのだろうと思った。

私はてっきりビールを使った漬け物が入っているのだと思った。そう思って栓を開けると、プシュッとビールが噴きだした。みんな顔を見合わせた。なんと中身はビールではないか。水を求めて彷徨っていた時に大量のビールを発見してしまった。なんという幸運か。我々は思わぬ事態に大よろこびした。

硫黄島の戦場の夜に宴会が始まった。夜になると気温が下がる。缶はほどよく冷えていた。渇きは限界を超えていた。あせりと興奮で手が震えた。缶のふちに口をあてがい、喉を鳴らして飲んだ。言葉がでてこない。これは天国だった。

缶ビールは二十本ほどあった。その大半を飲み、残った一、二本をポケットに詰め込んだ。硫黄島で唯一「うまい」と思ったのがこのビールの味であった。残念なことに、その後、二度とビール缶に出合うことはなかった。

菊田壕

三月二十一日ごろ。戦車隊の本部壕に到着した。本部壕は日本兵が使用できないように入口がふさがれていた。

米軍はいなかった。しかし入口を壊して入るわけにはいかない。中に入ったことがわかると攻撃されるからである。私たちは付近にある小さな防空壕を見つけてそこに入った。

そこには生き残った戦車隊の兵隊が二十人ほどいた。防空壕の通路はせまい。通常の防空壕で幅一メートルくらい。高さは二メートルないくらい。本部壕は若干広いが、それでも幅一メートル半から二メートル。高さ二メートルくらいだった。

その狭い通路が地中に延びていく。角度はいろいろだが、三十から四十度くらいの角度で約一五メートルくらい直線がつづき、少し平行になった後、ふたたび斜めに下っていく。

それが何段かになって地下三十メートルに達していた。通路の両側にはところどころに「ポケット」があった。ポケットとは、通路脇の壁をくりぬいてつくった小さな居室みたいなものであった。

深さは一メートルから一・二メートルくらい。高さも同じく一メートルから一・二メートルくらい。幅は大人三、四人が横一列になってあぐらですわれる程度。四メートルくらいだろうか。壕によって大きさはちがった。

そのポケットに寝る時は、二、三人が折り重なるようにして横になった。本部壕には指揮所が必要なため、大人三、四人が立って入れるくらいの部屋があった。

これ以後、私は大小の壕を転々とする。

暦も何もないため、この時期になると日がはっきりしないが、おそらく三月の終わりくらいまでいたと思う。

戦車隊の防空壕には水も食糧もなかった。夜になると水と食糧を探しにいく。米軍が残したビスケットやパンを拾い、貯水場に残ったわずかな泥水をすくって飲んだ。壕では、陸軍は陸軍で集まり、海軍は海軍で別行動をとった。すでに部隊としてのまとまりはなく、階級も関係なかった。

米軍は島内に点在する防空壕を一つ一つ調べ、日本兵がいることがわかると攻撃した。この付近の戦車隊の防空壕も米軍に狙われていた。ここにいるといずれ殺される。三月の終わりか四月の初めごろ。私は「南方空に帰ろう」と決意した。私と行動していた海軍の兵三人にそう言うと、「一緒にいく」という。その日、夜になるのを待って戦車隊の防空壕を出発した。

体は重かった。飢えが進み、渇きに苦しんでいた。衰弱した体を引きずるようにして岩場を移動し、南方空の壕がある玉名山に向かった。

二十二時ごろ。南方空の陣地付近に到着した。しかし地形が変わってしまい、入口がまったくわからない。深夜の二時ごろまで探したが発見することができなかった。

南方空の陣地の上を見ると、おどろいたことに第二飛行場（元山飛行場）が拡張整備され、小型の戦闘機が無数に並んでいる。それを見て硫黄島は完全に米軍のものになったことがわかった。

このままここでウロウロしているわけにはいかない。しかたなく、もと来た道を引き返した。

そのうちの途中、二、三人の海軍の兵隊とばったり逢った。

そのうちの一人の顔を見るとなんと同期の菊田中尉（第十四分隊）ではないか。

こんな状況で同期と逢うなど奇跡である。

「貴様、菊田じゃないか」

「おお、大曲じゃないか」

「貴様生きとったか」

お互いにびっくりして再会をよろこんだ。さっそく私が、

「ところでお前、どこにいるんだ」

と聞くと、菊田は玉名山と丸万集落の中間くらいにある陸軍の防空壕を生活の場にしていることがわかった。

米軍が上陸する前に菊田は陸軍に派遣された。その派遣先の部隊も米軍にやられ、生き残った兵たちが防空壕に逃げ込んでいたのだ。私はこの幸運をのがすまいと、

「そこに連れてってくれないか」

と頼んだ。菊田はうなずき、前に立って歩き始めた。

我々は菊田たちと一緒に防空壕の入口に着いた。壕内には四十人から五十人の兵がいた。陸軍の兵が主であったが海軍の兵も十人くらいいた。

菊田たちが中に入った。新入りを入れてよいか、許しをもらいにいったのである。その防空壕の一番上は陸軍の中尉であった。我々新入りは入口で待った。

菊田が奥に入って中尉に頼んだところ、その中尉は、

「中に入りなさい」

と入れてくれた。菊田のおかげであった。

中に入ると負傷者と死体だらけだった。壕内の温度は耐えがたいほど高い。負傷者のうめき声と死臭が満ちていた。中で生きているものは、将校以外、みな素っ裸であった。将校だけはふんどしをしていた。

我々は菊田のグループと一緒に、この壕を拠点にして活動を開始した。昼は裸でじっとして、夜になると服を着て食糧と水探しに外にでた。ここで一週間から十日くらいを過ごした。

壕内

壕には二つのパターンがある。

一つは部隊がそのまま残って生活を始めたパターンである。この場合、一番上の階級の者が指揮をとるため、その壕には規律と秩序が残っていた。後に語る南方空の壕がこれにあたる。ただし、私が見たかぎり、こういった秩序ある防空壕はまれだった。

一般的なのは部隊が壊滅し、生き残った兵たちがあちこちから集まって生活を始めたパターンである。この場合には完全に秩序がなくなる。

無秩序の防空壕では少人数でグループをつくり別々に行動する。私はこういった指揮系統が失われた防空壕を転々とした。

菊田がいた陸軍の防空壕も無秩序の壕だった。いちおう中尉がいたが指揮権は失われていた。

壕内では、兵士たちは素っ裸で思い思いの格好で横たわり、時々立ち上がって無意味にノロノロと動いている。壕内は高温のため、服など着てはいられないのだ。その様子は人間というより動物に近かった。まるで飼い主を放れた家畜のように見え、完全に生活の様式を失っていた。

総攻撃の命令を受けて外にでた結果、組織的な攻撃などできないまま部隊は壊滅し、生き残った日本兵が防空壕内に逃げ込む。その末の姿がこれであった。

「総攻撃」「玉砕」といわれるものの実体は、大本営報道の美辞麗句とはおよそかけ離れたものであった。

ひそんでいる防空壕の中は炎熱地獄だった。計測したわけではないが、室温は四十度から五十度はあったろう。むろん、中は真っ暗である。通路はせまく、ポケットもせまかった。

硫黄島は小さな島なので風向きがしょっちゅう変わった。防空壕はどこも入口が艦砲射撃によって破壊されていたため、空気穴が小さくなり、通気が悪くなっていた。壕内に入ると、窒息しないためになるべく風通しのよいところを選んで寝る。ところが風向きが変わると、その向きによっては空気が完全にとまり、上にあった熱い空気が下におりてくる。通路の天井にはりついていた四十度から五十度の熱が下にきて、寝ている者の体を包むと体が動かなくなり、窒息死する。

そうならないために、時々手を上にあげて温度を計らなければならない。あおむけに寝て手をまっすぐ上にあげ、熱い空気がどこにあるのかを調べる。そして、自分のヒジ付近までおりてきたことがわかると、荷物をまとめてノロノロと場所移動をする。

哀れなのは負傷して動けない兵であった。暗い壕内にはたくさんの負傷兵が横たわっていた。

硫黄島には川がないため、水は雨水以外一滴も得られない。硫黄島戦が始まってからは三日か四日くらいしか雨が降っていない。水を飲むためには、夜、外に出て水を探さなければならない。負傷した者は動けないためこの水探しができない。

負傷した兵たちは治療を受けることもなく横たわる。そして「渇き」という地獄を経て死ぬ。水のない島で、水を一滴も飲めないまま、負傷した兵たちが「水、水」とうわごとを言いながら死んでいった。母や家族の名前を呼ぶこともなく、ただ水だけを求めて死んでいった。

こんな時、まわりの者が誰も水を持っていないかというと決してそうではなかった。動ける者は夜になると外に出て、水や食糧を確保してかえってくる。中には水を入れた水筒を二つも三つも持っている者もいた。

水を持っている者が、負傷した兵に水を分け与えることはまれであった。動ける者も、もはや生きることよりも水を飲むことだけが唯一の望みであり、願いであった。

いつ米軍に防空壕の入口を塞がれるかわからない。外に出られなくなれば、水くみもできない。誰もが、自分が死ぬ時には水を飲んで死にたいと思っていた。水筒の水は生きるための水であるとともに自分の死に水でもあった。自分が死ぬ時のための水を手放すわけにはいかない。

　だから水を欲しがりながら死んでいく者に一滴の水も与えることができなかった。

狂気

米兵が付近にいるため夜の外出ができない日もあった。そんな日が数日つづくと持っていた水筒の水がなくなってしまう。そうなると、サウナのような壕内で一滴の水も飲まずに何日も過ごさなければならなくなる。

　水を三日も飲めず、水のことばかり考えていると、水筒の水の音が滝のように聞こえてくる。頭の中が「水、水、水」と水のことで一杯になると、他人の水筒の水音がごうごうと流れ落ちる滝の音にも、サラサラと流れる山間《やまあい》のせせらぎの音にも聞こえた。

　水を持っている者の水筒の音を聞いて突然発狂し、狂気に駆られて水筒にしがみつき、殺し合いになることもまれではなかった。兵士たちは壕内を歩く時は水筒の音を立てないように注意深くなった。水筒を胸に抱えて音を立てないよう慎重に歩いた。

　今や米軍よりも日本兵に注意を払わなければならなかった。負傷者をかえりみる者など誰もいない。うんうんうなっていれば、「うるさい」と怒鳴られた。それでも黙らない時は一気に首を絞められて殺された。

こういう光景を見ても誰も止める者などいない。異常な行為が日常の光景となっていた。自分が生きることに精一杯で他人のことなどかまっていられない。もはや同僚は敵である。壕内には異様な緊張感がただよい、誰もが異常な警戒心を持った。

防空壕内の死人はそのまま放置された。顔見知りの戦友が脇で死んでもうつろな目で見ているだけだった。自分が生きることだけで精一杯で他人のことには無関心だった。自分の水筒に手を伸ばす者がいれば目の色を変えて振り払った。手を伸ばした者が負傷して動けない者であっても罵声を浴びせて足蹴りにした。

これは、我々が異常な心理におちいっていたのではない。これが人間の本性なのである。人間は誰もが動物性を持っている。それをこれまで懸命に抑え、あるいは隠しながら生活してきた。

ところが飢えと渇きが支配する環境によって、本来人間が持っている動物の部分が露わになり、それと同時に後天的に身に付けてきた人間性が失われていったのである。そう考えなければ壕内で行なった自分たちの行為が説明できない。

壕内の臭いはすごかった。硫黄と死臭と糞尿の臭いが混じりあい、それが高温で蒸された。しかし飢えと渇きの苦しみのほうが強く、臭いなどにかまってはいられなかった。

私は硫黄島で死臭や糞尿の臭いがくさいとか、不潔だからここにいるのがイヤだと感じた記憶がなかった。

本来の動物に還り、飢えと渇きを満たすことだけを考えるようになると、他者にたいする愛情や哀れみだけではなく、味覚も嗅覚さえも失うのである。今、当時のことを思い、そのことにあらためておどろかされる。

壕内で寝るスペースは自分で確保しなければならない。我々はなるべく負傷兵や死体から離れた場所に寝た。そういう場所がなければ死体を自分で片づけて寝る場所を確保した。

壕内の死体の腐乱は早かった。すぐにハエやウジで埋まった。だからといって死体を表にだすことはしない。誰もが生きることに必死でそんな考えが浮かばなかった。死体を運ぶだけの体力もなくしていた。仮に死体を外に出せば、そこに日本兵がいることが米軍にわかってしまう。

だから防空壕内で死んだ者は防空壕内に放置された。指揮系統が残る大きな壕では死体を一つの部屋に集めたりしていたが、それは例外であった。ほとんどの壕では死体は放置されたままであった。

捕虜になるということ

昭和二十年四月。

硫黄島の飛行場は徹夜作業で着々と整備された。

その一方で日本兵捜しが続けられた。米軍にすれば防空壕から出てきてもらったほうが楽である。このころから投降の呼びかけが始まった。投降勧告には捕虜になった日本の兵隊が使われた。

しかし我々は、「投降しなさい」と呼びかけられても応じなかった。捕虜になることを拒み、防空壕の中で自殺した者も多かった。今の人は、「捕虜になればよかったのに」と思うかもしれない。しかしそれは簡単にできることではなかった。我々は捕虜になれば殺されると思っていた。仮に殺されなくても日本に送還される。送還されると軍法会議にかけられ、銃殺による死刑になった。

その当時の我々の価値観では、捕虜になるということは重大な罪を犯すのと同じ行為であった。

「生きて虜囚の辱めを受けず」

これは東条英機の戦陣訓である。これはその当時の日本人が持っていた価値観を文字にしたにすぎない。

東条の戦陣訓がどうの、栗林中将の敢闘の誓いがどうのということではない。

「捕虜になってはならない」

これは日本人が歴史の中で長い時間をかけてつくってきた価値観であった。なぜこんなものが生まれたのかはわからない。ただ私たちはその価値観に拘束されていた。頭から捕虜になってはいけないのだと思っていた。だからすすんで捕虜になるという考えはまったく浮かばなかった。

こんな国は日本だけであった。後日、捕虜になって初めてそれがわかった。

三月十七日、兵団が大本営に最後の電報を打った。この時点で硫黄島戦は日本が負けた。

後の資料によると、その時に日本兵は一万人以上生きていたという。半分以上の兵たちが防空壕の中にいたのである。もしその時に捕虜になる道を選んでいれば死なずにすんだ。一万人以上の日本人が生きて家族の元にかえることができたのである。

私は、壕内にいた一万人もの日本人を殺したのは、米軍ではなく、「捕虜になることは重大な罪である」という日本の価値観だったと思う。他の国はそうではない。捕虜になることは悪いことではない。むしろ名誉なことである。そう思っていた。それを裏付ける国際法もあった。

戦前、高級将校たちは世界各国に研修に行っている。当然、そういったことも勉強したであろう。それを知っていながら教えなかった。

軍部は外国からの情報を遮断し、日本独特の価値観を制度化し、軍隊の常識として教育した。

教育を行なうためには教材がいる。教育効果をあげるために「戦陣訓」などをつくっては兵たちに配った。軍部のこういった努力は実を結び、我々のような学生あがりの兵隊ですら、「捕虜になってはならない」と信じて疑わなかった。

壕内の日本兵は、捕虜になって日本にかえれば残りの人生を全うすることができたのに、それをしなかった。それをしなかったのか、あるいはできなかったのか。いずれにしても何のための死だったのだろうかと、今、痛切にそう思う。

捕虜になって生きることこそ正しい。それが国際的な常識であったことは栗林中将も西中佐も市丸少将も知っていたと思う。それを知っていながら部下を死なせ、自分も死んだ。どんな気持ちだったろうか。どうしてそうなったのだろうか。

夜の仕事

我々は防空壕にいた。戦闘する意志はとうに失っていた。逃げ隠れしながら食糧や水を漁った。ただ生きるだけの敗残兵になっていた。階級もなくなった。将校も下士官も兵隊もない。気の合った者、何かの機会で出会った者が三人から五人のグループを組んで一緒に行動した。十人では多い。多すぎると目立ってしまう。かといって一人では絶対に行動できない。人間は複数でないと具合が悪いようだ。

私は三月八日に「総攻撃」に出て、そのまま西戦車隊に入った。その部隊が壊滅し、その後、南方空の防空壕にかえり着くまであちこちの防空壕を転々とした。

その間、昼は防空壕に潜み、夜は五人くらいのグループで外に出て水と食糧を探した。中にはドラム缶で水を保管している壕もあったがまれであった。仮に水を保管している防空壕に行き当たっても、新参者は絶対に入れてくれなかった。人数が増えると水の減りが早くなるからである。

水の備蓄がない防空壕では、夜、水槽を探しにいかなければならない。運よく水槽を見つけると周囲に散らばっている空き缶や瓶を拾い、水槽から水をすくって水筒に入れた。

我々もいくつかの水場を見つけて水を確保できるようになった。ただし、水槽とはいってもタプタブと水があるわけではない。水槽そのものが爆撃で崩れている。壊れた水槽の片隅にたまった泥水をすくって飲む。

たまに雨が降った。雨が降ると地面のくぼみに水がたまる。その水を四つんばいになってすすった。

水をできるだけ多く確保するために死んだ兵の水筒を拾い二つか三つぶら下げた。その水筒に少しずつ水をためていく。水筒にためた水の分だけ生きながらえることができる。これが我々の夜の仕事だった。

身をかがめてあっちにいったりこっちにいったりネズミのように這いまわった。苦労して得た水は、飲むと口の中がじゃりじゃりになるような水だった。雨が降ると舗装していない道路の穴に水がたまる。あの泥水である。それを大切にためて飲んだ。

大きな水槽には米兵が張り込みをした。夜になると日本兵が水を汲みにくる。それを見こして米軍が隠れて待つ。数人の日本兵が水を汲み始めると手榴弾を投げる。殺された兵隊の肉体の破片が水槽内に散らばる。その後にきた我々がその水槽の水を飲んだ時、死んだ兵隊の肉片が歯に詰まったこともあった。

私はそういう水を飲んだ。他の者もそういう水を飲んで生き延びた。日本兵がこなかった場合、米兵が黄燐弾《おうりんだん》を水槽内に投げ込んでいく。水を飲ませないためのいやがらせであった。そうされると水は火薬で苦くなる。それでも我々はその苦い水を飲んだ。我々が飲んでいた「水」というのは、そういう水だった。

食糧探しも命がけだった。

夜、米軍の陣地付近で食糧を探す。米軍も日本兵が食べ物を探しているのを知っている。そこで日本兵を見つけるためのワナをしかけた。凸凹になった岩場を歩いていると、ひざの高さに張ったピアノ線にひっかかった。足に触れてもほとんど抵抗がなかった。それにかかると左右にカメラのフラッシュのようなものが、バババババと光り、我々の体を照らす。間髪を入れず近くの機銃陣地から自動小銃の弾が飛んでくる。我々はびっくりして転がるように逃げた。

私はこれに二度かかった。最初はなんだかわからなかったが、二度目にかかった時に仕組みがわかった。

米軍は日本兵捜索のためのキャンプを張った。夜は斬り込みを警戒し、キャンプ地の周辺に機銃陣地をつくり、交代制で警戒をした。その機銃陣地の周辺にピアノ線を張り、それに日本兵がひっかかると発光する装置を設置していたのだ。

それからは両手をザリガニみたいに前に伸ばしてソロソロ歩き、ピアノ線に手が触れると反対方向に逃げたり、大きくまたいで前に進んだりした。

食糧がある場所もだいたい検討がつくようになった。なるべく日本兵が荒らしていない方向に行き、米軍の機銃陣地の周辺を丹念に探すと落ちていることが多かった。拾った食糧は同じグループで均等に分けた。

我々は、夜、島内を歩き回ることによって水場を確保し、食糧探しのコツを身につけていった。

声

防空壕によってルールがあった。夜でかけて明け方かえってくる時に足跡が残らないように消しながらかえる。

排便は、壕の近くにすると人がいることがわかってしまうため、離れたところでする。防空壕によってそれぞれにルールがあった。ただし、一つだけどこの防空壕でも共通していたことがあった。それは「声をだすな」だった。

これだけはどこの防空壕でも徹底されていた。壕の奥に数十メートルも入れば声は外に漏れない。それなのに壕内の人間は異常に神経質になり、声をだして話をすることはなかった。話す時には口を相手の耳に近づけてわずかに唇を動かして話した。

真っ暗で音のない世界に長時間いると、神経が衰弱し、音にたいして異常に過敏になる。夜行性の動物が声をださないように、壕内の日本兵も声をださなかった。そして異常に神経質になり、ささいなことでけんかが始まった。

足跡を消せ。声をだして喋るな。そんなことを発端にしてけんかが始まり、場合によって殺し合いになることもあった。我々は米軍に見つかったら殺されると思っていた。声や音にたいする異常な反応は外敵にたいする恐怖心の裏返しであった。

この恐怖に耐えきれずに狂う者もいた。発狂した者は防空壕の中で大声をだして騒いだ。他の者はそういう者にたいして邪魔だと感じ、いなくなってほしいと願う。防空壕は三十メートルくらいの深さがあるため、中の声が外に漏れることはない。誰もが、漏れるはずのない声が外に漏れることを恐れ、

「こいつのせいで俺たちが米軍に見つかり殺されてしまう」

と考え、憎しみをいだく。死にたいする恐怖と生への執着から、全員が異常に神経質になっていた。正気を保っている者もまた狂っていたのである。

精神に異常をきたした者は発狂がすすみ、大声を張り上げる。そういう場合には、

「うるさい」

と数人がのしかかって首を絞めた。発狂者は声もださずに死んだ。そういう場面を

けだった。

私は何度も見た。

私はそんなことはしなかったが、それを止めることもしなかった。ただ見ているだけだった。

戦場は人間を動物に変える。殺した者も動物であり、それを黙って見ていた私もまた動物であった。飢えと渇きによって動物の本性が現われた人間たち。壕内は動物の群れと化していた。我々は犬や猫と同じだった。

持久戦の実像

米軍の壕にたいする攻撃にはパターンがあった。壕を見つけると捕虜になるよう呼びかける。次に攻撃を予告し、捕虜になる時間的余裕を与える。それでも壕内から出てこない場合に攻撃を開始する。狩りのようだ。

最初は発煙筒を投げ込む。次に毒ガスを入れる。毒ガスにも種類があって、催涙ガスや糜爛《びらん》ガス、窒息性のガスなどがあった。兵が出てこないと徐々に強いガスに替えてきた。

最後は防空壕の上に穴をあけてダイナマイトでつぶす。兵を生き埋めにするのである。壕の規模や構造にもよるが、出口付近を爆破しても効果が薄い。壕の上に穴をあけてダイナマイトを仕掛け、天井ごと崩そうとした。

日本軍の組織的な戦闘が終わった後も、

「日本兵は壕内に潜伏して米軍と戦い、持久戦を演じた」

などといわれているが、それは事実ではない。

何度もいうが、米軍が上陸する以前に日本兵は戦争ができるような状態ではなかった。体力的に衰弱し、立っているのがやっとの兵ばかりだった。

地上戦は一方的にやられ、部隊はバラバラになった。その後は負傷した兵も負傷していない兵も壕でじっとしていた。防空壕の中でじっとしていたから長持ちをしたのである。防空壕の中でじっとしていたから米軍としても攻めようがなかったのである。もし、本当にゲリラ戦をやっていたら、数日で全滅していただろう。米軍も慎重だった。日本兵が隠れる壕を発見すると必ず外から攻めた。

すでに戦争は勝った。飛行場は米軍の手に落ち、B29や戦闘機が発着をくりかえしている。危険をおかして防空壕内に入る理由は何もない。

防空壕は一本の通路が深く地中に延びている。人一人が通れる程度の大きさのため、部隊がまとまって中に入ることはできない。壕内は迷路のようになっており、通路脇に小さな部屋がいくつもあった。

米兵が入れば狙撃されるし、手榴弾を投げられれば小隊は全滅する。だから絶対に防空壕の中に入らなかった。

米軍が安全を優先し、防空壕の中に入っていかなかったから、外に出てこない日本兵にてこずったのである。

米軍による日本兵の掃討が長引いたもう一つの理由は、防空壕の発見が困難だったからである。

発見をむずかしくした理由は、米軍の艦砲射撃や飛行機による爆撃によって島の地形が崩れ、防空壕の位置がわからなくなったこと。日本兵が防空壕の入口を隠したこと。昼間に出入りしなかったことなどがあげられる。

だから防空壕の攻略に時間がかかった。これが硫黄島の持久戦であった。局地的に一つか二つ、激しい接近戦をやった部隊もあったかもしれない。しかしそれは例外である。全体的に見れば日本兵は防空壕の中に隠れていただけだった。

水攻め

昭和二十年四月中旬。

付近の防空壕を米軍が攻撃し始めた。ここも危ない。このままではやられる。

私は海軍の設営隊の壕が近くにあることを思いだした。夜、海軍の兵十人くらいを連れて設営隊の壕に行った。菊田も一緒だった。記憶を頼りに防空壕を探し、入口をやっと見つけた。入口の岩をどけて中にいた者に、

「入れてもらえないか」

とささやくような声で頼んだ。この防空壕は大きかった。中には四、五十人の兵がいた。

設営隊は基地や飛行場づくりの部隊である。陸軍でいえば工兵隊にあたる。プロがつくったため防空壕の質が高く、内部のつくりは見事だった。

この防空壕では、あちこちから海軍の兵隊が集まって暮らしていた。指揮系統のない無秩序な防空壕であった。ここも負傷兵でいっぱいだった。

「入れてくれ」

と頼んだ。しかし十人くらいの兵たちがでてきて、

「だめだ。入れない」

と拒んだ。中には水も食糧もない。だから防空壕の中に備蓄した水や食糧を我々が消費することはない。寝る場所だけ貸してくれと頼んだ。

「同じ海軍ではないか」

そう哀願した。しかし、

「せまいからだめだ」

と断わられた。

せまいわけがない。艦砲射撃などで通路が遮断されたとはいえ、専門の部隊がつくった防空壕である。現に四、五十人の人間が住んでいる。あと十人が入れないわけがない。

「人数が増えるとそれだけ米軍に発見される可能性が高くなる」

というのが本当の理由だろう。結局入れてもらえなかった。我々はしかたなく陸軍の小さな壕にかえってきた。
四、五日が過ぎた。
夜、食糧や水探しに出ると、米軍の陣地が近づいてきていることがわかる。今いる小さな防空壕ではダイナマイトと火炎放射器でたちまち殺される。

「もう一度設営隊の壕に行ってみよう」

ということで意見が一致した。

夜、我々十人が連れ立って設営隊の防空壕に行ってみると、米軍の水攻めを受けて中の日本兵の多くが殺されていた。

「あの時、中に入れてもらっていたら、死んでいただろう」

私は慄然とした。何が幸いするかわからない。戦地ではこういったきわどい運が数珠つなぎとなって生死を分ける。

我々はそのまま設営隊の壕に入る勇気もなく、また陸軍の壕にかえった。ところが数日後、ついに米軍が付近まできた。防空壕の近くに陣地をつくり、付近に点在する防空壕に向かって、

「出てこなければダイナマイトを仕掛けて壕を壊し、生き埋めにする」

と放送してきた。

四月の中旬になると日本兵の捕虜の数も増えた。米兵は、捕虜になった日本兵を使って拡声器で呼びかけてきた。

やがてこの一帯をしらみつぶしに検索し、一つ一つ防空壕がつぶされていく。その前にここを出なければならない。

夜、防空壕を出てみると、三、四十メートル離れたところの機銃陣地が一つから二つに増えている。包囲網がせばまってきた。

「これはもうだめだ」

と脱出を決意した。このタイミングがずれると死ぬ。機銃陣地に取り囲まれると逃げることができなくなる。もう一日大丈夫だろう、と考えて死んだ者も大勢いた。いつ脱出するかで生きるか死ぬかが決まる。これは運であった。小さな防空壕はダイナマイト一発でやられる。設営隊の防空壕は広いため中に逃げ場がある。夜、我々は設営隊の防空壕に向かった。

設営隊の防空壕は三、四日前に水攻めでやられた。それでもまだ何人か生き残っていた。壕内の人数は激減していた。生き残った兵のほとんどが負傷し、防空壕の中は呻き声で満ちていた。もう我々が入っても誰も文句を言わなかった。

その設営隊の壕に三週間近くいた。入ってみてあらためて中の大きさにおどろいた。迷路のように通路があり、いくつもの部屋があった。

米軍はこういった大きな壕には水攻めをした。水攻めによる死傷率は高い。米軍も壕内の人間が全滅したと思ったのか、この防空壕は放置されていた。そこに我々がノコノコ来て中に入った。

我々以外にも何組もの日本兵が入ってきて再び防空壕内の人数が増えた。新入りの連中は夜になると食糧と水を探しに出ていった。それが悪かったようだ。防空壕の中に入ったことが米軍に見つかってしまった。

壕内にいると、朝、外から拡声器で警告された。

「壕から出よ。降伏しないなら、水を入れる」

ここで私は初めての水攻めを経験した。最初はどういう方法で行なわれるのかわからなかった。バケツリレーで水を入れ、我々を窒息死させるのかと思った。私と一緒にきた海軍の兵は水攻めと聞いてよろこび、

「水を入れてくれるならガブガブ飲んでやるぞ」

などという者もいた。

次の日、米軍は本当に水を入れてきた。水は水でも海水であった。島が小さいため海から防空壕までの距離は遠くない。海岸からポンプを何台かつないで海水を壕に入れることができた。水は濁流となって防空壕内に流れ込んできた。ものすごい勢いである。

四、五十分もすると腰のあたりまで海水がきた。中には死人や負傷者がたくさんいた。腐乱した死体は水に浮き、動けない者は溺れ、動ける者は防空壕内を逃げまどった。

暗闇の中で日本兵が右往左往し、体がぶつかり合い、パニック状態になった。

そのうち水が止まった。次に大量のガソリンが流し込まれた。中は、汚物と硫黄と死臭が混ざりあった異臭が充満しているため、ガソリンの臭いに気づかない。そこへダイナマイトを放り込んできた。一面火の海になった。

水の上を火が生き物のように走る。水に浸かっている者は上半身が焼けただれる火傷《やけど》を負った。

奥のほうから、

「ウワー」

という呻き声が聞こえてきた。

「バーン、バーン」

痛みと苦しみからのがれるため、手榴弾で自決する者もいた。この世の地獄そのものであった。

私は壕の奥にいた。その場所は少し高くなっていたため水がこなかった。いた場所がよかったのかたいした火傷もしなかった。私は布で顔を押さえてうずくまっていた。菊田も無事である。一緒にきた兵たちも無事であった。

この壕にいる限りまた水攻めを受ける。しかし壕からの脱出も容易ではない。防空壕の出口の三十メートルか四十メートルのところに機銃陣地が三つか四つあり、壕から飛びだしてくる日本兵を撃つ。他の防空壕に行くためにはそこを突破して逃げなければならない。

いつ、どのタイミングで、どっちに逃げるか。その判断が難しかった。

「この壕はもうもたない。今夜、ここを出よう」

と決意した。

その夜、我々は穴から這いだした。米軍に見つからないように岩の間を腹這いで進んだ。どっちに米軍がいるかわからない。生き残れるか。生き残れないか。今は動物的なカンだけが私を動かしていた。設営隊の壕の水攻めを生き残った私は無事に脱出した。

死臭を探して

その夜、私たちのグループは他の壕を探した。防空壕の入口を見つけるのはむずかしかった。入口を岩で隠し、わからないようにしてあった。明るくなるまでに見つけなければ米軍に殺される。岩の崩れているようなところを見つけては壕の入口を必死に探した。

壕を発見するためには、死臭を探さなければならない。壕の中では何十、何百という兵たちが死んでいる。その死臭が岩と岩の小さな隙間から臭う。我々は一晩中、その死臭を探して歩き続けた。

四つんばいになって岩の隙間に顔を突っ込み、鼻を鳴らしながら進む。その姿は野良犬のようであった。ある岩場で鼻を突くような異臭を感じた。

「見つけた」

と兵の一人が声をあげた。

さっそく岩を動かして中に入ろうとした。すると中にいた兵隊が、

「だめだ。入ったら殺す」

とライフル銃を構えた。こちらも銃を持った兵がとっさに構えたため日本人同士で殺し合いになりそうになった。私はあいだに立って、

「なんとかここに今夜一晩だけ置いてもらえないだろうか」

と懇願した。

その兵はギラギラした目で、

「貴様たち、水筒を持っているな。それを全部よこせば入れてやる」

といった。

我々は水が残っている水槽の場所を知っていた。そこから水を汲み、水筒に入れて持ち歩いていた。水筒は各人がそれぞれ二つか三つぶら下げている。壕の兵はそれに目をつけた。

しかし今や水は命以上の価値があった。

「水はやれない」

と私が答えると、

「じゃあ、行ってくれ」

と拒否された。交渉になった。

「水をくれないなら、水のあるところを教えてくれ」

それもできない。水槽には大量の水があるわけではない。雨や夜露が破壊された水槽の隅にたまる。そういった水槽をいくつかまわって水を集める。大勢で水を汲みにいくと私たちの飲み水がなくなってしまう。

「だめだ、教えられない」

「それなら出ていってくれ」

私は窮した。

「水筒を一本やるから、今夜一晩だけ置いてくれ」

「………」

これでやっとOKがでた。

壕内には十人くらいの兵がバラバラにすわっていた。全員素っ裸である。中の温度は四、五十度はある。ろうそくもない、真っ暗である。タバコを吸っている兵の火だけが頼りであった。

防空壕の中には何人もの兵が死んでいる。それが腐敗し、死臭がすごかった。この臭いのおかげで我々はこの壕を発見することができた。

私はタバコを吸っている兵の隣にすわり、外で拾ってきたタバコを取りだした。米兵が捨てた吸い殻である。タバコのしわを伸ばし、形を整え、タバコを吸っている兵に、

「火をかしてくれ」

と言った。しかしその兵は私のほうに顔も向けず、まったく相手にしてくれない。肩に手を掛けて頼むと、目玉をぎょろりと向けて、

「一口水を飲ませろ」

と言う。

「一口は多すぎる」

と即座に断わった。しかし火がないとタバコが吸えない。

「半口ではどうだ」

と私が言った。相手は了承した。

一口はゴクッと喉がなるまでである。喉がなる前で飲むのをやめると半口になる。よくわからない基準であるが、戦地では異常な心理になってしまい、それが常識になっていた。

一口と決まると、飲む者が首をまわしたりして二、三分準備運動し、深呼吸を二、三回する。そして水筒に口を当て、水筒を傾けて水を口内に注ぐ。水筒の持ち主は耳を喉のところに近づけ、ゴクッの音とともに水筒を取り上げる。半口の場合はゴクッと喉が鳴る前に水筒を奪う。

「まだ半口ではない」

「いや半口だ」

といったけんかも日常茶飯事だった。

お互いに命がかかっているから真剣であった。私は水筒を渡さず、兵の口に水を注ぎ込むことにした。上を向いた大口に半口分の水を注いだ。私はトラブルもなく無事に火を借りることができた。

壕に入れてもらうにも、タバコの火を借りるにも、食糧をもらうにも、とにかく人に何かを頼む時はすべて水だった。何もかもが水でことが運ばれるという状況だった。

第七章　南方空の壕

南方空へ

それからもいくつかの壕を転々とした。私が入った壕はどこも死人と負傷者で一杯だった。自分一人が生きていくのに精一杯だから、誰も負傷者の看病はしない。横で、「うーん、うーん」と唸る傷病者がいると、それが顔見知りの者であっても、「少し楽にしてやるから」といって手ぬぐいや紐で絞めて殺していた。人間は非情な動物だ。

その時その時で、弱い者は弱く、強い者はますます強くなっていく。戦争の本当の恐ろしさは、大砲や機関銃で撃たれることではなく、人間の本性が露わになっていくところにある。私はそれを体験した。

そして私自身が自分の本性の浅ましさにおどろいた。そのことを罪と感じながら、今を生きている。

しかしその時は、生きることで精一杯だった。動物が自殺を考えないように私たちも自殺を考えなかった。ただ、「水を飲みたい」という欲求だけで生きていた。

瞬間瞬間を生き抜くことで精一杯で、何かを考える余裕はまったくなかった。何かを感じるという感受性も失われていたのだろう。当時のことを思いだしても不思議と感情の記憶がない。

戦争で負けた側には飢えと渇きが襲う。飢えと渇きによって人間性が失われ、動物の本性が剥きだしになる。自分が生きるために他人が死ぬことが当たり前になってしまう。

硫黄島で動物と化した兵たちがどんな生活をしたのか。何をやったのか。あるいは何をしなかったのか。そのことを私は伝えたい。

五月に入ると、夜、水や食糧を漁りにいっても、人とあまり出会うことがなくなった。防空壕の日本兵にたいする掃討が進み、みな死んだのだろう。

私は七、八人くらいのグループで行動していた。小さな防空壕を見つけ、そこを根城とし、夜になると、二つか三つのグループに分かれて食糧と水探しにいった。

そんなある夜、ばったり南方空の兵隊三人に出会った。私は三、四人の兵を連れていた。

「おお、どうしているんだ」

と私が聞くと、

「斬込隊に出されました」

とうつむいて答えた。

私はおどろいた。当時はもう、斬り込みができるような戦況ではない。しかも武器は手榴弾を持っているだけである。

「斬込隊といったって、お前たち、武器は何も持っていないじゃないか」

と言うと、三人の兵は、

「敵の武器を奪い、敵の物を食って戦えと言われて出されました」

と答えた。

「お前たちの防空壕には何もないのか」

とたずねると、

「食糧も水もあります」

と答えた。

「南方空の壕には何人くらい残っているんだ」

と聞くと、

「百人以上います」

という答えが返ってきた。

私はおどろいた。このころはどこの防空壕もせいぜい十人以下になっていた。ところが彼らがいた南方空の防空壕にはまだ百人以上いるという。それだけの人数がいるということは、水も食糧も十分にあるのだろう。

よし、これで南方空にかえれる。私は元気になり、

「一緒に壕にかえろう。案内せい」

と肩を叩いた。しかし兵たちは、

「かえったら殺されるから、だめです」

と後ずさりした。

「?」

斬込隊に出されたのだからかえりづらいのはわかるが、「殺される」とはどういう意味だろうか。しかし理由はどうあれ彼らに案内してもらわなければ南方空の壕の入口がわからない。

「行こう。俺が話してやる」

と必死に説得したが兵たちは逃げるように離れていった。

いったい、南方空で何があったのであろうか。

別れる前に壕の入口の場所を聞いた。それを頼りに自分たちで探しにいった。しかし砲爆撃で地形が変わってしまって入口がわからない。必死で探していると、岩陰に素っ裸で涼みに出ている兵隊がいた。近寄ると、その兵は飛び上がっておどろいた。

私が、

「南方空の兵か」

と聞くと、おびえた表情で、

「そうだ」

と言う。

「南方空の壕に連れていってくれ」

と頼むと歩きだし、岩場の一角を指でさして足早に去っていった。

後でわかったことだが、南方空の壕では外に出ることを禁じられていた。その兵は壕内のあまりの熱さに耐えきれず、夜外に出て涼んでいたのだ。外に出たことがばれると二度と壕に入れてもらえない。だから私たちに入口を教えた後、外に出たことがばれないように別の入口から中に入ったようだ。

南方空の防空壕に行ったのは、五月三日か四日だったと思う。

三月八日に総攻撃に出て、戦車隊に入った後、北地区の銀明水付近から金剛岩、日出浜、神山海岸を経て、丸万集落の戦車隊、そしてやっと南方空の本部壕に辿り着いた。二ヵ月ぶりである。我が家にかえった思いであった。ここは本部の壕だから水や食糧が豊富なはずだった。

南方空の本部壕の入口は艦砲射撃によって岩が崩れ、完全に塞がれていた。壕に入るためには本部壕と地下通路でつながっている小隊壕から入らなければならない。

南方空の壕では、壕内で指揮をとっていたT飛行長が壕の出入りを禁止していた。中に水と食糧があるから外に出る必要がない。人が出入りした形跡がないから米軍も発見できない。そのため、この防空壕は飛行場の真下にありながら、五月まで一回も米軍の攻撃を受けなかった。

壕の上はすでに米軍の飛行場が拡張されて、B29などの四発の大型機や小型戦闘機が並ぶ飛行場になっている。

我々は入口の発見にてまどった。三時間ほどかかってやっと発見した。その入口は主計科の防空壕の入口で、中に入ると南方空の本部壕とつながっている。南方空の壕は大きく、このようにあちこちに入口があった。

私は入口から中に入ろうとした。すると、「待て」と中から四、五人の兵が銃を突き付けて侵入を拒んだ。私は当然のことなのであわてず、穴をのぞき込みながら、

「俺は南方空の大曲中尉だよ。入れてくれ」

と言った。

その言葉を補強するように、一緒に連れていた兵士が、

「大曲分隊士だぞ」

と叫んだ。

通常、壕に他の者は入れることはない。特に食糧や水が備蓄されている壕では侵入者は敵である。人数が増えればそれだけ食糧や水が減る。生死に直接かかわることなので拒むほうも必死である。

しかし、それは他の部隊の者が来た場合の話である。その壕にいた者がかえってきた場合、当然、中に入れてもらえると思っていた。ましてや私は将校である。これまで部下だった者もいるから、私の名前をだせば銃を下ろして歓迎してくれると考えていた。しかしそれは甘かった。

「ちょっと待ってください」

と中に入れようとしない。

兵は自分では判断できない。押し問答をしていたところ一人の兵隊が壕内から出てきた。どうやら将校の伝令のようだ。伝令は、我々の話を聞いていったん壕内に消えた。

我々はジリジリしながら待った。数分後、兵が戻ってきてこう言った。

「南方空は三月八日の総攻撃ですでに解散した。今さら、南方空の者だといっても壕に入れることはできない。これがT飛行長の命令です」

と言って引き返して行った。

私は呆然とした。兵たちは相変わらず銃をかまえて入れようとしない。

「もう一度飛行長を説得してくれ」

と頼んだが、

「命令ですから」

と首を振って銃を下ろそうとしない。

あまりにもその態度が強固であったため、その日はそれまで潜伏していた壕にかえった。

突入

壕内で菊田たちと相談した。

我々は南方空である。それが自分たちの防空壕に入れない。どう考えても納得できない話である。南方空には食糧も水もある。それを分けたくないために入れないという。日を追うごとに怒りがこみ上げてきた。

そして数日し、もう一度交渉に行くことに決まった。その時は菊田も加わって八人全員で行くことにした。人数が増えて気が強くなったのか、

「我々は武器を持っている。入れてくれないなら突撃しよう」

という者も出てきた。またある下士官は、

「突撃しようじゃないか。向こうが死ぬか、こちらが死ぬかだ」

と興奮して言った。

私たちはこの一ヵ月間、戦場をさまよい歩いてきた。そういった経験が我々に度胸をつけていた。

私たちはもうどこへも行くところがない。南方空の壕に入れなければ飢えて死ぬか米軍に殺されるしかない。我々は野犬の群れのようになって夜の岩場を突き進んだ。

南方空の壕を指揮していたのはT飛行長だった。

我々は専門学校や大学を出て兵隊になった予備役だったが、Tは海軍兵学校を出た現役の飛行長である。「絶対に外にでるな」と厳重なルールを決めていたのはこのT飛行長であった。

菊田が連れてきた兵隊と私が連れてきた兵隊八人で主計科の壕の入口に行った。しかしやはり番兵は、

「入れない」

と言う。我々は番兵を押しのけて強引に中に入ろうとした。番兵は我々を止めようとして立ちはだかった。

人間性を失って野犬のようになっていた我々は一気に壕内になだれ込んだ。当番兵は私たちの気迫に押されて銃をかまえたまま後ずさりをした。

当番兵が、

「これ以上入ったら撃つぞ」

と叫ぶ。

「撃つなら撃ってみろ」

下士官が怒号し、持っていた銃を防空壕の天井に向かって、バババババと発射した。

我が下士官が持っていたのは死んだ米兵から奪った軽機関銃であった。当番兵がお

びえた声で、

「南方空は、三月八日の総攻撃で解散をした。それを今さらここの航空隊の兵隊だとか、将校だからといってもだめだ。この壕には入れられない」

と叫ぶように言った。

私は、

「この壕は私たちの部隊の壕だ。追いだせるものなら追いだしてみろ」

と言い返した。

それにたいし、当番兵は、

「この壕の食糧や水は限られている。他の兵のために入れるわけにはいかない。いかなる理由であれ、外に出た者は二度と戻れない。それがこの壕の掟なのだ」

と大声をだした。

話し合いは一時間に及んだ。結局、

「入ったものはしょうがない」

ということになり、我々はうやむやのままこの壕に居すわることになった。我が決死隊の勝利であった。

その後、我々の侵入行為がT飛行長らに報告されたが、事後承認されたようだ。その後も追いだされることもなく、無事に南方空の住民となった。

壕内には百三十人ほどいた。この時期、いくら大きな壕であってもせいぜい十四、五名で、これほどの人数の壕はなかった。

中には新参の我々を嫌がる者もいたが、反対に歓迎してくれる者もいたので助かった。顔見知りの者が駆け寄って握手で迎えてくれたのは嬉しかった。

本部の壕だけあって水のドラム缶がまだ六、七十本あった。乾燥野菜、缶詰、米、乾パン、何でもあるという感じだ。

水は一日一回水筒に配給される。食事もおにぎり一個が配られる時もあった。久々にご飯が食べられた。もう毎日危険をおかして水や食糧漁りをしなくてすむ。竜宮城でのような生活になり、少しだけ人間性を取り戻したような気がした。たとえようのない安心感をおぼえた。

このころは米軍も日本兵を捜していなかった。

「日本兵はもう全滅して残っていないだろう」

と思っていたようだ。

米軍が力をそそいでいたのは、飛行場の拡張整備であった。より多くの大型機や戦闘機を使えるようにするため、昼夜兼行で作業をしていた。

深夜、飛行場をのぞくと、トラックが走り、大型ブルドーザーがフル稼働していた。作業は二十四時間つづけられ、昼夜兼行で行なわれていた。

米軍の硫黄島戦は、実質的に一ヵ月で終わった。三月二十日ごろをすぎると、夜の銃声をほとんど聞かなかった。

掟

南方空の壕では冷酷な掟を定めていた。

百三十人もの人間がいると食糧と水が減る。その減り具合に合わせるように、時々三人か四人一組を壕から出していた。斬込隊と称していたが、完全に口べらしのためであった。

壕の掟としていったん外にでた者は絶対に壕に入れないと定めていた。壕を出される時に武器として手榴弾二発と水筒一杯の水、それと何枚かの乾パンを与えられた。

食糧や水が備蓄されているとはいっても限りがある。百人からの兵がいればやがて枯渇する。そこで口減らしのために三人とか四人で外に追いだしていた。それを、

「斬込隊を編成し出撃する」

と言っていた。その命令をしていたのがT飛行長だった。

指揮の放棄を「総攻撃」といい、全滅することを「玉砕」と呼んだ。「口べらし」といえば兵隊から抵抗される。だから「斬込隊」と言った。

「斬込隊として出撃しろ」

と命令すれば従わざるを得ない。

手榴弾は自決用でもあった。外に出された兵たちは渡された手榴弾で自決するか、どこかの防空壕に潜り込むのだろう。

彼らは米軍が上陸してからほとんど外に出たことがない。水がどこにあるのか。食糧をどうやって探すのか。米軍がどこにいるのか。他の防空壕に入れてもらうにはどうすればいいのか。そういった知識をまったく持っていない。

彼らが防空壕の中にじっとしている間に我々は外を転々とした。その過程でこの島で生きるノウハウを知った。

元は同じ隊であったが、わずか数ヵ月の間に生活力が大人と子供ほどに開いていた。外に出てもどうしていいのかわからない。彼らにとって外に出ることは恐怖であり、死を意味した。南方空の壕内は、今まで経験した防空壕とはちがう緊張感が漂っていた。

「大曲中尉、頼みがあります」

顔見知りの一人が私にそう言ってきた。

「T飛行長の命令で、三人から四人の者が斬込隊に出されています。いったん壕を出た者は、掟と称して絶対に入れてくれません」

そのことはすでに知っていた。しかし新参者の私にそれをやめろとは言えない。その兵はさらにこう言った。

「T飛行長はパイロットですから、敵の飛行機をぶんどって内地にかえる計画を立てています。それを実行するよう計画に乗ってやってください」

これにはおどろいた。

「映画じゃあるまいし。そんなの無理だ。計画に乗ったところで飛行長だってバカじゃないから実行しないだろう。だいたい、敵の飛行機をぶんどるったってアメリカの飛行機の操縦がわからないはずだ」

そう言ったが兵隊たちは真剣だった。

自分たちがいつ斬込隊に出されるか。それを心配していた。飛行長たちが計画を実行し、この壕から出ていけば自分たちが壕を出されなくてすむ。兵たちもこの計画が成功するなどとは思っていなかった。

「うまい具合に飛行長をそそのかしてくれ」

そういう願いだった。私は同情し、

「そんなことはできないが、外の状況を教える程度なら話してみるよ」

と返事をした。

私が南方空の壕に入ってから三、四日したある日。T飛行長から呼ばれた。そして外が今どんな状況なのかを聞かれた。私は、

「壕の上はすぐ飛行場です。米軍が滑走路を拡張して使用しています。小型機が何百機も並んでいますよ」

と言った。

事実である。しかしT飛行長は最初信じなかった。三十メートルの地下に長期間いるため外の状況がわからないのだ。彼らの頭の中の地図は米軍が上陸する前の状態だった。

脱出計画は不可能だとは思ったが、それを言わずに外の状況の説明だけをした。そそのかしたつもりはなく、聞かれたことだけに答えたつもりだった。彼らはようやくそれを信じた。新しい情報が入り頭の中の計画が膨らんでいったようだ。

脱出計画

情報が遮断された状態で思考すると、とんでもない計画を立ててしまう。肉迫攻撃。米軍機奪取。兵たちによる筏《いかだ》脱出計画。これらはいずれも防空壕の中で考えられた。それは計画というよりも妄想に近かった。

それから三、四日が経った。ついに飛行長以下が脱出を決行した。その時の人員は、T飛行長、軍医長、陸軍より派遣されたM中尉、予備学生出身の森中尉、従卒二名。以上、計六名であった。T飛行長は、

「敵の飛行機をぶんどって内地にかえる」

と豪語した。

今南方空にいるほとんどの兵たちは、三月八日に総攻撃に出て、第一関門で米軍と衝突した時に戻ってきた者たちだった。それ以降、防空壕の中に入りっぱなしだったため、外の状況がまったくわかっていない。

T飛行長らは、なんの知識も経験もない状態で防空壕を出た。壕内の者は斬込隊の命令で壕を出される心配がなくなったので非常によろこんだ。防空壕内にあった異常な緊張感がなくなった。

ところがT飛行長の一団は約二時間で壕にかえってきた。米軍の基地を見ておじけづいたのだろう。さっそく壕の入口で大騒ぎになった。

大尉らが壕に入ろうとした時、兵士の一団が入口を塞いだのだ。大勢集まってザワザワぎゃーぎゃー騒ぐ声がする。私もその近くに行き、

「どうしたんだ」

と聞いてみた。

「飛行長たちはかえってきました。当然のように入ろうとしましたが、我々は絶対に入れない」

と兵たちは大変な剣幕だった。

飛行長が表から、

「大曲中尉、話しに出てくれ」

と私の名を呼ぶ。

私が近寄っていくと、兵士たちがさえぎり、

「新参者の大曲中尉の出る幕ではない」

と怒った。

たしかに私たちは新入りだったので経緯がよくわからない。かといってこのまま騒ぎが大きくなると米軍に発見されかねない。私は兵たちに、

「入れてやったらどうだ」

と言った。ところが彼らの飛行長にたいする憎しみは激しかった。

「俺らの同僚たちがあなた方の命令で斬込隊として壕を追いだされるように出ていった。あなたの命令で我々兵隊が何十人と斬込隊として出されました。かえってきた者にあなたたちはどうしたか覚えているでしょう。ひざまずいて、土下座して、入れてくれと涙を流して頼んでも、拳銃を突き付けて追いだしたではありませんか。あなたは、これは壕の掟だといって彼らを追い返した。同僚たちはどこかで死んでいったのですよ。あの同僚たちのためにも絶対に入れることはできない。あなたがたがつくった規則ではないですか。守ってください。我々は絶対に入れません」

そう泣きながら抵抗した。抑圧されてきた応召兵たちの反乱であった。

話し合いはこじれ、ますます険悪な雰囲気になった。このままでは夜が明けてしまう。ましてやここは米軍の基地の真下である。明るくなってけんかをしていればすぐに発見されてしまう。間に入った私は困って、

「武士の情け、ということもあるから、まあ今夜だけ入れてやったらどうか」

と説得し、やっと納得させた。

「一晩だけですよ。大曲中尉。責任を持ってくれますね」

私はうなずいた。

もし明日の夜になって将校たちが出ていかなければ殺し合いになりかねない。そうなる前に将校たちを説得するつもりだった。

かつての支配者だった者が敗北し、立場が逆転すると惨めな立場に堕ちる。いたたまれなくなるのだろう。飛行長らは次の晩、静かに出ていった。その後の消息はわからない。どこかで自決したのではないだろうか。

水攻め

T飛行長らが壕を出てからは別段、指揮をとったというわけではないが、それ以降、

「ちょっと外に出ていい空気を吸ってこい」

とか、

「自由に生活しろ」

といった指示を出していた。

「ケツから入れ」

とも言った。

「外に出て壕内に戻る時は後ろ向きのまま入り、足跡を手で消しながら入れ」

という意味である。

壕内に百人も日本兵が残っていることがわかると、米軍からたちまち攻撃される。そんなことに注意しなければならないことを南方空の兵たちは知らなかった。

「外に出た時にはピアノ線や地雷に注意しろ」

とも言った。

その地雷に菊田がかかってしまった。米兵が捨てたタバコを拾いにいった時に地雷を踏んでしまったのだ。死ぬような怪我ではなかったが、衰弱した体にはこたえたようだ。菊田は寝たきりで動けなくなった。

私は菊田を防空壕に入れて面倒を見ていた。私も他人の面倒を見られる状態ではなかったが、同期ということもあって捨てておけず、食事や水を与えたり、包帯を替えたりしてやった。

壕内は熱く、暗く、静かだった。水はまだあったが食糧が乏しくなってきた。飢えが進行し、兵たちは絶望感を強めた。

ある時十二、三人が、

「海岸にいって筏を組み、それに乗って内地にかえる」

と言いだした。私はおどろいた。

「海岸に筏をつくる材料なんてない。第一、筏をつくる前に米軍に見つかる」

私は海岸線を歩いているから状況を知っていた。

「そんなことは絶対に不可能だからだめだ」

と、止めた。しかしその連中は一種の精神病にかかっていた。いくら言っても聞き入れない。神経がまいっているため本当に筏でかえれると思い込んでいるのだ。私も海岸線を歩いた時に「筏をつくって北硫黄島まででもいけないものか」と思ったが、とてもそんなことはできなかった。

そう説明しても、何かにとりつかれたようになった彼らは私の言葉を聞かない。夜、十二、三人が表に出ようとした。私は前に立って説得した。彼らはその制止を振り切って外に出ていった。夜の八時に彼らは出た。

私は全員死ぬと思っていた。ところが次の日の昼ごろ、

「おーい、おーい」

と外から声が聞こえる。

「なんだろう」

とみんな怪訝そうな顔をしている。

「あれは昨日出ていった○○だ」

と誰かが言い、

「どうしたんだろうな」

と不思議がった。

やがて事情がわかった。昨日出た十二、三人の者は、全員海岸で米軍に見つかって捕虜になった。それだけではなく、米兵から「お前ら、どこから来たんだ」と聞かれ、「海軍の壕です」と答えたために、「案内しろ」と言われて米軍を連れてきた。

そして米兵から拡声器を渡され、「仲間に呼びかけろ」と命令され、彼らはそれに従い、我々に、「出てこい、出てこい」と投降を呼びかけたのである。

なんという連中だろうか。自分たちが捕虜になるのはしかたがないにしても、我々の防空壕の場所を教えるとは。

すると、外から拡声器で、

「オオマガリサーン、オオマガリサーン、デテキテクダサ～イ」

と英語なまりの日本語で自分の名前が呼ばれた。

ぞっとした。捕虜が私の名前を教えたのだろう。体中の毛穴が一気に開くような恐怖を感じた。さらにその後、

「おおまがり、俺だ、Yだ。出てこい。おおまがり、話だけでもしよう」

と同期のYの声が聞こえた。Yは陸軍に派遣になっていたところ、捕虜になったようだ。

私は壕内の兵たちに、

「Yが呼んでいるからちょっと行って話をしてくる。情報をとってくるから待っててくれ」

といったが、兵隊からとり囲まれて止められた。

T飛行長がいなくなった後、たいした指揮もしなかったが、それでも少しは頼りにされていたようだ。

「中尉がいなくなると困る」

と言う。

米軍に発見されたことで壕内の兵たちは激しく動揺した。しかし出ていかなかった。米軍は攻撃する前に必ず警告した。

「捕虜になれ。捕虜にならなければ攻撃をする」

警告の後に攻撃が始まる。米軍の攻撃は、朝十時から夕方四時半までと時間が決まっていた。この壕の者たちはこれまでずっと防空壕に入ったきりになっている人間ばかりである。だから米軍の攻撃の恐ろしさを知らない。

米軍の攻撃が始まった。攻撃は五、六日間つづいた。最初は毒ガスを入れる。毒ガスにも三種類か四種類あり、だんだん強い毒ガスを入れてきた。

みな、顔を覆って通路を逃げまどった。壕内はたちまち無秩序になり、裸の兵たちが入り乱れた。

南方空のように大きな壕では風が通るために毒ガスの効きが悪い。基地の下なのでダイナマイトを使うわけにもいかない。業を煮やした米軍は、最後の手段である水攻めを開始した。

米軍は水攻めの時は必ず前日に予告をした。

四、五日を過ぎた日の十時ごろ。日系の米兵が拡声器で、

「明日は水を壕に入れる」

と怒鳴った。私は設営隊の壕で水攻めを経験したから、

「これは大変だ」

と思った。

兵たちは壕内のあちこちに待避し、じっとしていた。中には、水攻めと聞いて、

「水が飲める」

とよろこぶ者もいた。

水攻めの経験があるからといって、どこが安全でどこが危険かなどはわからない。どこにいれば助かるか。どこにいると死ぬか。それは運だった。

菊田は足を負傷して歩けない。私は入口から連絡通路を入ったところのポケットに菊田を連れて待避した。そして、真っ暗な地下通路に向かって、

「なるべく高い場所にいて、水にさわるな」

と大声で叫んだ。

兵たちは防空壕の奥にノロノロと移動した。壕内は高温、多湿でサウナ状態である。服など着ていられない。みんなまる裸であった。ふんどしもつけていない。あばらが浮いた体に水筒をぶら下げて移動する様はなんともあわれであった。

私は将校だったのでふんどしだけはつけていた。ふんどし姿で防空壕の隅にすわる私の姿もまたあわれであったろう。

兵隊は素っ裸で、将校はふんどし姿。これはどこの防空壕も同じだった。だから壕

にいった時は、ふんどし姿の者を見つけて交渉する。硫黄島ではふんどしが階級章の代わりになっていた。

米軍の攻撃を受けた経験がない兵たちは水を入れるといっても本気にしない。水がない硫黄島で、防空壕を一杯にするような大量の水を入れられるわけがないと思っていた。私はまもなく始まる地獄をじっと待った。

朝になった。米軍はジャズをかけ、拡声器でさかんに警告をくりかえした。やがて拡声器がやんだ。始まるようだ。

大声を出して警告したい気持ちもあったが、どこにも逃げ場はない。警告を発するだけの体力もなかった。外が静かになった。間もなくだ。私は息を潜めた。

米軍が海水をホースとポンプで入れてきた。海水は太いホースから滝のように流れ込んでくる。ものすごい量の海水である。水は勢いよく壕の幅一メートル半前後の通路を流れ落ち、一時間ほどで立っている者の腰のあたりまでになった。

海水が入ってくると兵たちは壕の中の連絡通路を逃げる。早く水のこない場所を探さなければ助からない。

水攻めを体験したことのない連中はモタモタしていた。壕内の兵は、おどろき、あわてふためき、右往左往した。真っ暗で顔色はわからないが、おそらく真っ青で唇も震えていただろう。兵たちは、ぶくぶくと浮かぶ死体や空き箱を掻き分け、少しでも高いところを探して逃げまどった。

その時の兵の人数は百人くらいだったと思う。

水が止まった。無気味な静けさが訪れた。

「水攻めが終わったのかな」

と兵たちが腰まで水に浸かってキョロキョロしている。ちがう。水は窒息させるためではない、火を壕の奥まで送り込むためにつかうのだ。これからガソリンを流し込んでダイナマイトを使う。火は水の上を走ってくる。私は目を閉じて顔を手ぬぐいに埋めた。

海水の入ってくるのが止まってしばらくすると、兵たちが予想もしなかった事態が起こった。

大音響とともに壕内は火の海になった。火が巨大な生き物のように水の上を走る。数十人が逃げ遅れた。逃げ遅れた者たちは上半身を焼かれて真っ赤に燃えた。兵たちの苦しむ姿が炎の中に影絵のように映る。

「助けて！」

彼らの悲鳴と悲痛な叫びが壕内にあふれた。その中の一人が炎の中からもがき苦しみながら逃れてきて、

「水、水、水をくれ、助けて」

と絶叫しながら私にしがみついた。私は身を硬くしてじっとしていた。まもなくその兵は死んだ。壕内の光景は無惨であった。まさに地獄絵図であった。

戦争は人間を動物にするといった。しかしこんなむごいことをする動物が他にいるだろうか。

豪雨

この水攻めが行なわれたのは五月の十四、五日から二十日ごろまでの間だと思う。結局、五、六十人が助かり、四、五十人が死んだ。生き残った者も大半が負傷している。米軍は去った。中の日本兵が全滅したと思ったようだ。

防空壕内に備蓄していた水と食糧のうち、ドラム缶の水は残ったが多くの食糧を失った。私はまた生き残った。そしてまた食糧探しの毎日になった。

五月の半ばを過ぎると、砲煙に覆われ、数万の将兵の血潮に彩られたかつてのこの戦場にも、小さな青い草の芽が出始めた。自然は人間たちの殺し合いとはまったく無関係に、忠実に時を刻み、季節を巡らせていた。

夜、外に食糧探しに出ても、米軍が捨てたり残していった水や食糧を、探し求めて彷徨う日本兵と出会うこともほとんどなくなった。どこかの壕内で死んでしまったのだろう。

それからの防空壕の中は、不安と焦燥だけが際限なく膨れ上がった。日一日と減少していく生への意志を自分で計りながら生きていくに過ぎなかった。

壕内は奥行きがあり、地下通路が蟻の巣のように分かれていたから五、六十人が助かった。

水攻めを受けた日から三、四日した朝、急に壕内に水が入ってきた。米軍が攻撃してくるのは必ず朝十時ごろだった。攻撃の前は必ず拡声器でジャズをかけ、日本語や英語で水を入れると宣言した。

ところがその日の朝はいきなり水が入ってきた。おどろいて兵たちが本部の壕と各壕の連絡通路に集まった。時計を見ると朝の四時ごろだった。

これはおかしいと私は思った。米軍の攻撃にしては時間が早すぎる。米軍の水攻めだと思っている他の兵隊たちは、せまい壕の中であわてふためいてパニックになっている。そうこうしているうちに呼吸ができなくなった。

なんだろうこれは。窒息性のガスかな……、それにしては臭いも何もないし……、と私は疑問を持った。それまで入れられたガスは催涙性が多く、皮膚が日に焼けてぴりぴりするような状態になった。しかし今回はそれとはちがう。

「何かなあ。新型のガスかな」

そのうちに苦しくなって息ができなくなった。あわてふためいた我々は壕を飛びだした。みんな真っ裸だった。外に飛びだした兵たちは岩と岩の間に隠れた。米軍が近くにいて、撃ってくると思ったのだろう。

私も外に出た。隠れた兵たちを見ると頭を岩の間に突っ込んで隠していたが、岩の隙間が小さいため全員のお尻が出ていた。頭隠して尻隠さずそのままだった。外はものすごい豪雨の後だった。

水たまりはなかったが、岩の濡れ具合や泥が流れている様子から大量の雨が降ったことがわかった。この水が壕内に流れ込んだのだ。米軍の攻撃ではなかった。

壕内はガスが充満して呼吸ができない。とはいえ、こんな状態で隠れていてもすぐに米軍に見つかってしまう。自分が隠れるところもないし、これだったら苦しくても防空壕の中に入っているほうがよいだろう、と思い中に入った。

私はトボトボと防空壕の通路を歩いた。今の騒ぎで心の糸が切れたような気がした。もうどうでもいい。そう思って力なくすわり込んだ。と、何か足元でもそもそと動いている。

何かな、と思って見たら菊田だった。

「おまえまだ生きていたのか」

とおどろいた。菊田はすでに意識がうすれ、

「死にたくない」

とうわ言を言っていた。

防空壕の中にはガスが充満し、負傷して動けない兵の大半が窒息して死んだ。菊田も死ぬべきところ、風通しがよい場所にいたためか息を吹き返していた。運のいい男である。

私は無気力であった。誰にたいしてもなんの感情もわかなかった。無表情に菊田をながめていた。

南方空の壕は、入口から三十度くらいの斜面で十五メートルくらい掘り下げ、そこ

でいったん平らになり、そしてまた下がっていく。通路に傾斜があるため、大量の雨水が流れ込んだのだ。そしてガスを充満させた犯人もこの雨だった。

あちこちにある防空壕の入口は艦砲射撃や爆弾で塞がれている場合が多い。塞がれてはいても岩の間に空気が入るすきまがある。そのすきまが空気孔の役目をして壕内の窒息を防いでいた。

ところがどしゃぶりの雨で土砂が崩れ、そのすきまが塞がって風が入ってこなくなった。その中でガスが充満して呼吸ができなくなったのだ。壕の中には二十人か三十人の兵がいた。何人が生き残っているのかはわからない。その他の者は外に出たままだった。

第八章　投降

会議

どれくらいの時間が経っただろう。壕の中でぼんやりしていたら防空壕の入口のほうから「おーい」「おーい」と懐中電灯を持った男が入ってきた。壕内に緊張が走った。懐中電灯を持っているのはおかしい。日本兵が懐中電灯なんて持っているわけがない。

その男は、

「今までここにいたK兵曹長だ」

といいながら近づいてくる。

中は真っ暗で顔がわからないため、その男を敵だと思い、

「鉄砲で撃って殺すか」

と相談していた。その男はゆっくり近づいてきて自分の顔を照らした。顔を見るとたしかに今までいた兵曹長だった。アメリカの服を着ている。話を聞いて事情がわかった。さっき外に出た者が全員捕虜になったのだ。そして米兵に命令され、

「まだ壕内に誰かいるか調べにきた」

と言う。

その男はもらった水筒の他に、チョコレートやタバコなどを持っていた。そのタバコを差しだし、ライターで火をつけ、

「吸え」

と言った。私はもらったタバコを吸った。

その兵は、

「貴様たちも出てこい」

と捕虜になることをすすめた。

そこで二時間ほど話し合った。意見は分かれた。米軍に殺されないことはわかった。しかし日本に送還されれば軍法会議にかけられ

絞首刑になる。犯罪人になれば家族も暮らしていけない。それをみんな恐れていた。

結局、結論が出ず、三時半ごろになった。

その男に、外の米兵が拡声器で、

「夕方になるので外に出ろ」

と命令してきた。

「私はここで死ぬよりも、捕虜になろう」

と壕内に残った兵たちに言った。するとしばらく兵たちだけでコソコソ話し、私のほうを向き、

「じゃあ責任をとってくれ」

と言ってきた。

その当時は捕虜になったら軍法会議にかけられて死刑になる。ただし、上官の命令で捕虜になったのであれば死刑にはならないというルールがあった。だから、

「捕虜になれという命令を出してくれ」

と言ってきた。日本に送還されて軍法会議にかけられた時に、

「捕虜になれと命令したと証言してくれ」

と言っているのである。

私はおどろいた。

これまで私はこの防空壕で指揮官らしい待遇を受けたことはない。T飛行長らがいなくなった後は、各人が思い思いの生活をするようになった。

私と菊田も将校という意識はなく、兵たちに紛れて日常を過ごしてきた。それがこういう事態になったとたん階級を持ちだして、「責任をとれ」という。私は鼻白む思いだった。

「勝手なことを言うな」と怒鳴ろうかと思ったが、「しかし……」と思い直した。目の前の兵はほとんど四十以上の応召兵だった。かえれば妻がいて子がいる。赤紙一枚でこの島に連れてこられ、今日まで生き延びた。生きてかえりたいのだろう。兵たちは必死の形相だった。捕虜になるのは簡単だ。しかし日本で銃殺されては意味がない。私はその時二十三歳だった。

若かったのだろう。

「じゃあ俺が責任を負ってやる」

と言った。

そこは南方空の防空壕だったから、自分が命令を出すかたちで全員捕虜になったのである。菊田も無事に捕虜になった。菊田は、その後生きて日本にかえり、終戦後は健康を取り戻した。

午後四時ごろ、我々は壕を出て米軍の捕虜になった。米軍もまだこんなに日本兵がいたのかとびっくりした。

米軍の資料では、南方空の陥落は、五月十七日になっている。

その時の捕虜は六十三人。死者は二十人であった。

壕の上は飛行場が整備されて、平穏に日常の生活が営まれていた。捕虜の数はすでに千人にまで増えていた。我々は一番最後の組だった。

後の資料には、我々が捕虜になることによって南方空が落ちたとされた。そしてそれが日本軍最後の戦闘だといわれた。その実態がこれである。

二月十九日から始まった地上戦がその後三ヵ月も続いたのではない。米軍が上陸して数日で大勢が決まり、三月の初めには組織的な抵抗が終わり、三月の二十日を過ぎると日本軍はまったく抵抗していない。

その後は一万人もの日本兵が防空壕の中に隠れてじっとしていた。だから日本軍は長持ちをしたのである。南方空の防空壕の実態を見ればそれは明らかである。

米軍に連れられて我々は歩いた。陽はすでに西の海に傾いている。夕陽が美しいため、より深い悲しみをおぼえた。

砲煙に覆われ、二万数千の将兵の血潮に彩られた硫黄臭い戦場も、やがて歴史のひとこまとして忘れられてしまう。

太陽は水平線に呑み込まれるように没しようとしていた。

侍の国

我々はグアム、ハワイ、シアトルを経由してサンフランシスコに向かった。グアムを見た時におどろいた。島は大きく、ジャングルは深く、水もある。

「これならいくらでも逃げ隠れができるな」

と思った。

現に、グアムが落ちてから一年が経とうとしているのに、まだ日本兵が生き残って潜伏していた。

グアムに行った時、米兵と捕虜になった日本兵がコンビを組んで、あちこちに食糧をばらまいていた。翌朝そこにいってみると食糧がなくなっている。それで、この辺にまだ日本兵がいるな、とわかる。そういった調査をした後に、日本兵を使った投降勧告がされていた。

グアムと硫黄島を比べた時に、決定的にちがうのは、水、である。硫黄島では、水がないことが兵を苦しめ、死に追いやった。硫黄島しか知らない私にとって、緑が鬱蒼としげり、島も大きいグアムは夢の島に見えた。

我々は、グアム、ハワイを経由してシアトルに向かった。外気が少しヒンヤリとしていた。

どんよりと雲の垂れこめた港町シアトル。そこで列車に乗せられた。町の道路にはおびただしい数の自動車が数珠つなぎになっている。私は最初、巨大な自動車工場の中に入ったのかと思った。自動車が庶民の足となり、街中を走っていることが理解できなかったのである。

ＭＰの腕章を付けた士官が、

「これからサンフランシスコに向かいます」

とだけ説明をした。

それから三日後の朝七時ごろ、ＭＰがやってきて、

「三十分後に終着駅オークランドに着きます。下車の準備をしてください」

「無事に輸送を終わることができました。みなさんありがとう。感謝します」

と言って立ち去った。

その後数分して三名の黒人兵が、

「ジャップ、サレンダー、サレンダー」

と叫び、はしゃぎながらやってきた。

何のジョークをいって騒いでいるのかと彼らを見ると、その中の一人が新聞を高々と掲げて私たちに見せた。

JAP UNCONDITIONAL SURRENDER
デカデカとした横文字が目に入った。

「ああ日本は敗れたか」

「日本は降伏したか」

と心の中で呟いた。車内は静かであった。

収容所生活では自由に新聞や雑誌を読むことができた。ヤルタ会談やポツダム宣言、それに八月初めの新聞に間もなく日本政府が宣言を受諾し、降伏するだろうという記事も掲載されていた。

この時点ですでに状況は知っていたから降伏の事実も冷静に受け止めることができた。

歴史に「もしも」は無意味だが、もし政府が速やかな決断を下していたなら、広島、長崎の悲劇は避けられていたはずだ。
なぜこんな無謀な戦争をしたのか。止めることができたのなら、なぜもっと早く止めなかったのか。

駅に降りると、
JAP UNCONDITIONAL SURRENDER
の横断幕が目に入った。しかし誰一人話す者はいなかった。日系二世の下士官が私たちを自動車に乗せて港に向かった。
あまり大きくない波止場で連絡船のような小型の船に乗船した。空間に刻み込まれたように、紺碧のサンフランシスコ湾をひと跨ぎにしているゴールデンゲート・ブリッジの遠景が目に入った。
「ああ、これがゴールデンゲート・ブリッジか」
悲惨な戦争や敗戦の悲しみを忘れさせる穏やかな景色。大きなキャンパスに描かれた風景画を見ている気持ちであった。
日系二世の下士官が、橋の下に停泊している赤十字のマークを付けた大きな真っ白い船を指さし、

「あれは日本の病院船だ」

と説明した。

病院船に偽装して日本軍は南方戦線（比島方面）で兵士や武器、弾薬を輸送していた。その船が米軍に拿捕《だほ》されたのだ。軍艦を病院船に偽装して戦争につかうなど、どの国もやっていない卑怯《ひきょう》な行為であった。

その下士官は、

「私は父や母から、日本は武士道の国だ。何事も正々堂々と行動する国民だと聞かされた。しかしそうではなかった」

と声を震わせてつぶやいた。

多くの日系二世たちがそのようなことを父母から聞かされ、それを信じていた。そしてその誇りを胸に、アメリカ人に負けぬよう欧州戦線で戦った。

その仲間たちの多くが戦線で戦死した。彼らが卑怯な日本の振る舞いを知ったら、どんなにか残念に思ったろう。そう彼は語った。

私はショックで目の前が暗くなり、絵葉書のような景色が見えなくなった。虚脱感が覆い被さってきた。

まもなく、私はエンジェルアイランドに着いた。

これが、私の昭和二十年八月十五日の思い出である。

その後、アメリカ本土各地の収容所を転々と移り、終戦の翌年である昭和二十一年一月七日に浦賀にかえってきた。

あとがきにかえて

米軍の攻撃は、朝十時ごろから夕方四時までと時間が決まっていた。壕にたいする最後の手段は、水攻めであった。私は、壕からの脱出が一日遅れたため、二度も水攻めを受けた。

初めての時は、兵士たちはバケツリレー式で入れるぐらいに甘く考えていた。我々は、「それならたらふく水が飲める」とよろこんだ。しかし、実際は、なんと海水であった。

米軍はポンプを使い、ホースをつなぎあわせて滝のように海水を流し込んできた。すさまじい勢いで流れ込む海水は、小一時間ほどで腰のあたりまでになった。真っ暗でせまい壕内は恐怖のためパニック状態になり、右往左往の大騒ぎになった。

ぶくぶくと浮かぶ死体、おびただしいゴミや汚物を掻き分け、蟻の巣状になっている壕内を高いところ、高いところと探して逃げまどった。海水が止まり、しばらくすると、誰もが予想しなかった事態が起こった。大音響とともに壕内は火の海になった。海水の上にガソリンを流し込み、ダイナマイトを仕掛けたのである。逃げ遅れて、上半身を焼かれた数十人の姿が、真っ赤に燃え盛る炎の中に浮かび上がる。彼らが発する、

「助けて」

という悲鳴と絶叫が壕内に響きわたった。まさに地獄絵を見ているような凄惨な光景であった。

炎の中で、もがき苦しみ、

「水、水、水をくれ、助けてくれ」

と絶叫しながら近寄って私にしがみついた。

その人はそのまま死んでいった。自分が助かることしか考えなかった私。水の一口も飲ませてあげなかった私。

極限を生きのびて、この手記を書きながら戦場で死んでいった人たちの怨念が容赦なく襲いかかり、その罪の深さにおののいた。

人間を最後に人間でなくするもの、それは、

「飢えと渇き」

だ。

戦争は残酷だ、悲惨だ、恐ろしいと言葉で人は表現するが、そのような言葉で表現することができないほどの恐ろしさを体験して、真に平和を守りぬくことが、生き残った者の義務だと切に思う。

硫黄の臭いに覆われ、全島が聖地化した戦場も、歴史のひとこまとしてやがて忘れられてしまうのだろうか。

硫黄島で戦死された方々への負債を担いつつ生きていくということなしに、私は今の自分の生をつづけていくことができない。

私には、「戦後」はもう訪れないかもしれない。

追記

私は自分の記憶の中にある硫黄島をありのままに語った。

戦争では、立場や場所が異なれば、戦場の姿も違って見える。だから私は、自分の体験したことだけが真実だというつもりはない。私の証言は、他の者の証言や資料と

矛盾する点があるだろう。しかし、私がここで語ったことは、まぎれもなく「私の真実」である。その記憶は、六十三年たった今でも、私の脳裏をかた時も離れない。

この本を読んだ方がたが、私の証言に対し、何を感じ、何を思うかは自由である。

なお、この本は私が硫黄島で体験したことを可能な限り詳細に語り、それを中村氏が録音し、久山氏に執筆していただいた。

本書の出版にあたり、ご尽力いただいた関係各位に深く感謝申し上げる。

元海軍中尉　大曲　覚

平成二十年夏

参考文献＊「硫黄島　太平洋戦争死闘記」R・F・ニューカム　田中至訳　光人社＊「闘魂　硫黄島」堀江芳孝　光人社＊「写真集　硫黄島」雑誌『丸』編集部編　光人社＊「硫黄島の戦い」別冊歴史読本　新人物往来社＊「硫黄島玉砕戦」NHK取材班編　NHK出版＊「インパール兵隊戦記」黒岩正幸　光人社＊「決定版　昭和史」毎日新聞社＊「栗林忠道　硫黄島からの手紙」文藝春秋＊「硫黄島戦記」川相昌一　光人社＊「将軍突撃せり」児島襄　文藝春秋＊「名をこそ惜しめ」津本陽　文藝春秋＊「硫黄島　いまだ玉砕せず」上坂冬子　WAC＊「ああ硫黄島」安藤富治　河出文庫＊「未帰還兵」将口泰浩　産経新聞出版

文庫版のあとがき

大曲氏から取材しながらこの本を書いてから六年が経とうとしている。うれしいことに大曲氏はいまだ健在である。つい最近もお会いしてお話を伺う機会を得た。私にとって、硫黄島戦を体験した兵士から話を聞けるというのは法外な果報である。

歴史の生き証人を独占しているという贅沢な満足感はたとえようもない興奮を私に与えてくれる。

人が生存する条件として、空気のつぎに重要なものが水である。

——砲弾がふりそそぐことや食料がないことなど、水がないことに比べればなんでもない。

と、大曲氏は語る。

「それほどですか」

と、取材のとき聞いたことがある。大曲氏はしばらく沈黙したあと、

「あなたね、つぎに会うとき、三日、いや一日でもいい、一滴も水を飲まないで来なさい。そうしたら私の話がわかるはずです」

苦笑しながらそう話してくれたことを鮮明に覚えている。

硫黄島戦は生き残った日本の兵士が少ないため記録も少ない。

その中で私は、越村敏雄氏（故人）が書かれた『硫黄島守備隊・現代史出版会』（改題『硫黄島の兵隊』）を重要な証言だと認識している。

硫黄島には水がなかった。軍から配られる水は金属をふくんだ塩水で、飲めば飲むほど喉が渇くという代物であった。その苦しさを越村氏はこう書いている。

硫黄と塩が身体に蓄積されてくると、猛烈な下痢が蔓延した。痩せこけた身体はおそろしい速さで衰弱した。重労働と不眠が容赦なく拍車をかけ、この島独特の栄

養失調症になる。抵抗力のなくなった者から順に死んでいった。

だが、それに追い打ちをかけるように、夜となく昼となく、彼らを残忍に苦しめたものは、凄まじい咽喉の乾きであった。そして、それを癒やすものは、塩辛い硫黄泉しかなかった。

刺すような辛みが染みついてしまった咽喉の奥から燃え上がってくる、狂わしい渇きを癒やすためには、それが塩水であろうと、硫黄泉であろうと、そのようなことはどうでもよかった。それが液体であれば、それでよかった。

――飲めば、すぐ、その反動で、恐ろしい乾きが喉から胸を掻きむしる。

と、思っていても、兵隊は無意識のうちに、この異様な匂いを立ちこめた、生ぬるい塩水を飲んでいったのである。

それは内地で生ま水を飲んだ時のような、清涼感を味わえるものではなかった。どろりとして後味が悪く、口腔から鼻にかけて、強い吐き気を誘う硫黄の臭みがむんと籠もって、何時までも離れようとしなかった。それが染みついた喉や舌が、飲み込む瞬間に拒絶反応を起こして震えた。その後は通りみちに、刺すような辛みが、震えるような吐き気といっしょに残った。そして、それがまた、喉の渇きを掻きたてた。それは四六時じゅう身体の中を駆けめぐった。狂ったように爪を立てて襲い

かかる凄まじい喉の渇きは、正常な人間を発狂させるに充分であった。（七十八ページ）

いつものことであるが、迫真性のある描写に圧倒され、越村氏の著書の引用はつい長くなる。

越村氏も大曲氏も昭和十九年後半に硫黄島に上陸している。両者に接点はない。しかし、まことに勝手ながら、私のなかでは大曲証言と越村証言は濃密に関係づけられている。

越村氏は、陸軍の兵隊として硫黄島に行き、過酷な労働とすさまじい渇水、凄惨な食事事情で半死半生となり、死ぬ寸前で内地に送還され戦後まで生き残られた。

越村氏は米軍上陸前に送還されたため戦闘には参加していない。むろん、もし硫黄島に残っていたら戦死されていただろう。越村氏の内地送還は越村氏の著書を後世に遺すために行なわれたかのような観もある。

対する大曲氏は、海軍少尉として飛行場の整備にあたり、米軍上陸後、捕虜になるまで島内を彷徨した。そして、聖戦のように記録されている硫黄島戦の実態がいかに愚かしいものであったかを今なお語ってやまない。

私は、越村氏の著書を前編、本書を後編として読めば硫黄島戦の実像が見えてくると考えている。

そういった意味で、今回、文庫本としてふたたび世にでることは喜ばしい。

大曲氏にとっても迷惑なことではないだろう。

以下は私の体験である。

本書を書くにあたって、幾人かの硫黄島の生き残り兵士を取材した。そのうちのひとり鹿児島在住のある元兵士と電話で話したとき、最後に、

「私は、あの島に、棄てられたんですよ」

と、しぼり出すような声で言われた。この方はそれ以降の取材を拒否された。私は、取材を拒否されたことにより、硫黄島戦の真実のなにごとかをかいまみたような気がした。

——棄てられた。

そうであろう。島まで運ばれたあと、満足な食料も届かず、水もなく、援軍もこない。

日本軍は（あるいは大本営は）、アッツ島守備隊の全滅が「崇高なる玉砕」という美談として報道されたあと、島嶼に布陣した日本兵たちの「使い棄て」をはじめ、その後それを繰り返した。ニューギニア、パラオ、マリアナ、フィリピン等、太平洋の島々におびただしい将兵たちを送り込み放置したのである。そして、太平洋戦争最後の「棄てられ島」が硫黄島なのである。

大曲氏は、

日本の将兵は米軍上陸前に動くことができないほど衰弱し、戦える状態ではなかった。動けないから戦わずに防空壕の中でじっとしていた。防空壕の中でじっとしていたから米軍が手を焼いた。だから長くもった。もし、戦っていたら三日で全滅していた。

硫黄島では、本格的な地上戦などなかった。

と明言する。

私は、大曲氏の証言を信じる。読者の方々が大曲氏の証言を信ずるか、あるいは否定するかについては、それぞれの判断にゆだねたい。

文庫版のあとがきとしては長くなった。
本書出版にご尽力いただいた関係各位には深く感謝申し上げ、筆を置くこととしたい。

平成二十五年十月二十六日　自宅にて

久山　忍

単行本　平成二十年八月「英雄なき島」産経新聞出版刊
文庫本　平成二十五年十二月　光人社刊
新装版　文庫本　令和六年十一月　潮書房光人新社刊

NF文庫

英雄なき島　新装版

二〇二四年十一月二十日　第一刷発行

著　者　久山　忍

発行者　赤堀正卓

発行所　株式会社　潮書房光人新社

〒100-8077　東京都千代田区大手町一-七-二

電話／〇三-六二八一-九八九一㈹

印刷・製本　中央精版印刷株式会社

定価はカバーに表示してあります
乱丁・落丁のものはお取りかえ
致します。本文は中性紙を使用

ISBN978-4-7698-3382-6　C0195
http://www.kojinsha.co.jp

NF文庫

刊行のことば

第二次世界大戦の戦火が熄《や》んで五〇年――その間、小社は夥しい数の戦争の記録を渉猟し、発掘し、常に公正なる立場を貫いて書誌とし、大方の絶讃を博して今日に及ぶが、その源は、散華された世代への熱き思い入れであり、同時に、その記録を誌して平和の礎とし、後世に伝えんとするにある。

　小社の出版物は、戦記、伝記、文学、エッセイ、写真集、その他、すでに一、〇〇〇点を越え、加えて戦後五〇年になんなんとするを契機として、「光人社NF（ノンフィクション）文庫」を創刊して、読者諸賢の熱烈要望におこたえする次第である。人生のバイブルとして、心弱きときの活性の糧《かて》として、散華の世代からの感動の肉声に、あなたもぜひ、耳を傾けて下さい。

＊潮書房光人新社が贈る勇気と感動を伝える人生のバイブル＊

NF文庫

写真 太平洋戦争 全10巻〈全巻完結〉

「丸」編集部編

日米の戦闘を綴る激動の写真昭和史——雑誌「丸」が四十数年にわたって収集した極秘フィルムで構築した太平洋戦争の全記録。

究極の擬装部隊

広田厚司

米軍はゴムの戦車で戦った

美術家や音響専門家で編成された欺瞞部隊、ヒトラーの外国人部隊など裏側から見た第二次大戦における知られざる物語を紹介。

「国民抗戦必携」「国民築城必携」「国土決戦教令」

復刻版 日本軍教本シリーズ

藤田昌雄

佐山二郎 編

俳優小沢仁志氏推薦！ 国民を総動員した本土決戦とはいかなる戦いであったか。迫る敵に立ち向かう為の最終決戦マニュアル。

新装版 日本軍兵器の比較研究

三野正洋

連合軍兵器との優劣分析

第二次世界大戦で真価を問われた幾多の国産兵器を徹底分析。同時代の外国兵器と対比して日本軍と日本人の体質をあぶりだす。

新装版 英雄なき島

久山 忍

私が体験した地獄の戦場 硫黄島戦の真実

硫黄島の日本軍守備隊約二万名。生き残った者わずか一〇〇〇名——極限状況を生きのびた人間の凄惨な戦場の実相を再現する。

海軍夜戦隊史〈部隊編成秘話〉

渡辺洋二

月光、彗星、銀河、零夜戦隊の誕生

第二次大戦末期、夜の戦闘機たちは斜め銃を武器にどう戦い続けたのか——海軍搭乗員と彼らを支えた地上員たちの努力を描く。

＊潮書房光人新社が贈る勇気と感動を伝える人生のバイブル＊

ＮＦ文庫

新装解説版　森本忠夫　**特攻**　組織的自殺攻撃はなぜ生まれたのか

特攻を発動した大西瀧治郎の苦渋の決断と散華した若き隊員たちの葛藤──自らも志願した筆者が本質に迫る。解説／吉野泰貴。

新装版　齋木伸生　タンクバトル　**エル・アラメインの決戦**

灼熱の太陽が降り注ぐ熱砂の地で激戦を繰り広げ、最前線で陣頭指揮をとった闘将と知将の激突──英独機甲部隊の攻防と結末。

決定版　神立尚紀　**零戦　最後の証言３**

苛烈な時代を戦い抜いた男たちの「ことば」──二〇〇〇時間のインタビューが明らかにする戦争と人間。好評シリーズ完結篇。

復刻版　日本軍教本シリーズ　佐山二郎編　**「輸送船遭難時ニ於ケル軍隊行動ノ参考　部外秘」**

大和ミュージアム館長・戸高一成氏推薦！　船が遭難したときにはどう行動すべきか。機密書類の処置から救命胴衣の扱いまで。

新装版　神野正美　**台湾沖航空戦**　Ｔ攻撃部隊　陸海軍雷撃隊の死闘

幻の空母一一隻撃沈、八隻撃破──大誤報を生んだ航空決戦の実相にせまり、史上初の陸海軍混成雷撃隊の悲劇の五日間を追う。

新装解説版　舩坂　弘　**ペリリュー島玉砕戦**　南海の小島七十日の血戦

中川州男大佐率いる一万余の日本軍守備隊と、四万四〇〇〇人の兵隊を投じた米軍との壮絶なる戦いをえがく。解説／宮永忠将。

＊潮書房光人新社が贈る勇気と感動を伝える人生のバイブル＊

NF文庫

8月15日の特攻隊員
道脇紗知
玉音放送から五時間後、なぜ彼らは出撃したのだろう——「宇垣特攻」で沖縄に散った祖母の叔父の足跡を追った二十五歳の旅。

マッカーサーの日本占領計画
岡村 青
終戦の直後から最高の権力者として約二〇〇〇日間、日本を「統治」した、ダグラス・マッカーサーのもくろみにメスを入れる。

新装解説版
B29撃墜記
樫出 勇
夜戦「屠龍」撃墜王の空戦記録
対大型機用に開発された戦闘機「屠龍」を駆って〝超空の要塞〟に挑んだ陸軍航空エースが綴る感動の空戦記。解説／吉野泰貴。

決定版 零戦 最後の証言 2
神立尚紀
過酷な戦場に送られた戦闘機乗りが語る戦争の真実——生きのこった男たちが最後に伝えたかったこととは？ シリーズ第二弾。

復刻版
日本軍教本シリーズ
「密林戦ノ参考 迫撃 部外秘」
佐山二郎編
不肖・宮嶋茂樹氏推薦！ 南方のジャングルで、兵士たちはいかに戦うべきか。密林での迫撃砲の役割と行動を綴るマニュアル。

新装解説版
「死の島」ニューギニア
尾川正二
極限のなかの人間
暑熱、飢餓、悪疫、弾煙と戦い密林をさまよった兵士の壮絶手記——第一回大宅壮一ノンフィクション賞受賞。解説／佐山二郎。